Поумнел

Петр Боборыкин

Поумнел

ISNB: 978-1-64439-558-5

ПОУМНЕЛ

I

На Рыбной улице, там, где перекресток поднимается немного на изволок, против церкви Алексея Митрополита, протянулся деревянный одноэтажный дом и по улице, и по Зыбину переулку, идущему под гору, к кузницам и к задам запущенного, когда-то роскошного барского сада князей Токмач-Пересветовых.

Дом выкрашен в сизо-розовую краску, еще часто попадающуюся в губернских городах. Красили его уже давно, и кое-где, вдоль стен, краска отколупилась, и старое побурелое дерево выглядывало наружу. Окон теснилось много, штук до десяти, вдоль уличного фаса, все с зелеными ставнями и лепными украшениями фризов на старо-дворянский манер.

Подъезд был, однако, приделан уже позднее, когда пошла мода на подъезды с улицы,— прежнее крыльцо с длинным вырезанным навесом помещалось на дворе, с переулка.

Снежок покручивал по перекрестку часу в четвертом после обеда. Только что ударили к вечерне. Тут же, на перекрестке, стояло несколько извозчиков: двое местных лихачей, на резных санках, с толстогрудыми битюгами, без полостей, сами нарядно одетые, и "Ванька" в кафтане из мужицкой дерюги. Его пошевни, низенькие, лубочные, покрывал коврик из суконных покромок, внутри лежало сенцо.

Ездоков не видать что-то еще было ниоткуда, ни со стороны площади, где стоял суд, ни от спуска по переулку, где издали белели полные инея липы и клены барского запущенного сада.

Ванька поднял высокий воротник своего кафтана, надетого поверх полушубка, и морщился от снега, попадавшего ему на щеку. Те двое лихачей с ним не знались и, когда он тут остановился, только переглянулись между собою на особый лад: "вот, мол, пожаловала ворона на первую в городе биржу".

Один — толстый, затянутый кушаком с набором из серебра с чернью, в котиковой шапке — перевел голубыми вожжами и выговорил тоном зажиточного мещанина, знающего хороших господ:

— Александр Ильич из правления покатит, поди, вскоре?

— Не раньше как в исходе четвертого.

Другой извозчик смотрел еще очень молодым парнем. Курчавый и веснушчатый, он ушел головой в триковый ваточный картуз; из-под стоячего воротника синего кафтана выглядывала розовая рубашка. Шарфа он не носил.

— Да он и завсегда сидит по правилу, а седни у них день особенный, суббота, больше народу бывает.

— Это точно,— подтвердил толстый лихач.

Они помолчали. Слышно было только похрапывание одной лошади, серой в яблоках, норовившей достать языком свою товарку, бурую... Лошади были в дружбе, хотя и стояли на разных дворах.

— Балуйся!— дал на нее окрик молодой парень.— Мерин несуразный!

И он ударил вожжой по широкому крупу своего серого.

Опять они помолчали. Толстый глядел в ту сторону, где стояло здание присутственных мест. К вечерне отблаговестили. С последним ударом он вдруг почему-то перекрестился, приподнял котиковую шапку и показал свой череп, совсем лысый, белый, с маленькою прядью темных волос напереди, череп умного плута дворника, круглый и с выпуклостями лобной кости. От него пошел сейчас же легкий пар.

— Господи Иисусе Христе! — чуть слышно выговорил лихач.

Молодой парень покосился на него и спросил:

— Папиросочки не соблаговолите, Ефим Иванович?

Он говорил толстому "вы", а тот ему "ты".

— Нешто я курю?.. Ишь, что выдумал! — брезгливо и с усмешкой сказал Ефим.

— Ужли на старую веру повернули?

— Мели еще!

Ванька в мужицком кафтане начал прислушиваться к их разговору. Его пошевни стояли поодаль от саней молодого парня. На эту биржу заехал он покормить лошадь и уже подвязал ей торбу... Он замечал, что лихачи на него косятся, и уехал бы, да надо было дать лошаденке пожевать овсеца.

Извозничал он в губернском городе первую зиму, был из соседнего уезда, городские порядки еще мало знал, и выручки у него не спорились. Только на чугунку да с чугунки приводилось довезти путевого седока, а так, по городу, целыми часами никого или за самую нищенскую цену. Особенно барыни! Те и на вокзал норовят за гривенник доехать; да гривенник еще ничего, а то восемь, семь копеек.

Вот сейчас он конец сделал, порядочный кончик, за четыре копейки. Тоже в салопе, старушка.

Идет да кричит:

— Ванька, хочешь две семитки?

Он было совестить ее начал. Она идет себе, палочкой постукивает по тротуару. И он за ней по улице плетется.

Посадил!

Мужик он тихий, немолодой, подслеповатый, немножко хворый. Кабы не выдалась осень такая — сына угнали, да другого женить пришлось, да неурожай льну — их главный промысел, он бы не поехал в город... Думал: "прокормлюсь, подать привезу".

Но рубля в день он не наколачивал. Не то что те двое лихачей. Каждый из них либо два с полтиной, либо три и три с четвертаком привезет. Толстый-то сам хозяйствует, а молодой — работник, так тот из выручки себе откинет не меньше двух двугривенных.

Положение такое: двадцать копеек конец по городу, на чугунку — тридцать, с багажом — сорок. Так ему, Ваньке, никто этой "такции" не даст, а чуть заикнется — на смех поднимают:

— Ну, ты гужеед желтоглазый, туда же — такция! Когда и при городовом на вокзале — и городовой смеется.

А те двое за таксу не двинутся. На них все такие господа ездят, без ряда. И всегда выше таксы отвалят.

Так перебирал про себя деревенский, поглядывал больше на обоих лихачей, чем на прохожих. Ему было тут жутко, да и зябнуть он начал в плоховатом полушубке и в старых, невысоких валенках.

И толстый извозчик, Ефим, думал почти в том же роде. Стоял и он без дела больше часу и спрашивал себя: прогадал он или нет тем, что от гостиницы отъехал?.. По утрам, после чугунки, он там стоял. Гришка — молодой парень — тоже. У них у обоих один и тот же круг езды, только Ефима выбирал народ постепеннее.

От гостиницы они уехали потому, что ничего стоящего там не было. И там простояли зря. Время тугое. Проезд средний, больше мелкий купец. Помещики съезжаться начнут позднее, недели через три. К святкам подойдут и выборы.

Ефим ездит около тридцати лет, и вся жизнь губернского города уложилась у него в голове, и знает он ее так, как никакому полицейскому не знать.

Вот длинный розовый дом. Пареньком помнит он его серым, и въезжали в ворота, к крыльцу с навесом. Предводителев он был. Так из рода в род. Сначала отец, потом сын. Жили широко, приемы, вечера, игра большая. И все расползлось... От фамилии звания нет, в уезде где-то никак одна дочь замужем. Дом продали... Много годов жил пароходчик, из разночинцев какой-то, в гору шел, завод железный завел, потом перебрался в столицу. В розовом доме после него контора была. Да и весь город к тому времени из помещичьего стал на деловой купеческий лад: конторы пошли, банки, склады. Однако от этого езды хорошей не прибавилось. Господ мало. Если б не судейские да не инженеры, не с кем и рассчитывать на хорошую выручку. Ну, налетит из Москвы адвокат, тороватый, особливо коли охотник до теплых мест... Так для этого есть вон "лодыри", вроде Гришки... И каждый раз, когда Гришка ему рассказывает, где он с заезжим седоком побывал, Ефим непременно скажет:

— Охальники!.. Как есть охальники!

Все посжалось. И губернатора-то не признаешь, не будь он генерал: так себе старик, живет один, лошадей держит пару, плохоньких, часто извозчика берет... Его губернатор зовет по имени-отчеству.

Вообще, господ настоящих, с вотчинами, коренных,— один, другой, да и обчелся.

Ефим доволен хоть тем, что в розовом доме опять живет барин как следует, уже третий год, хотя и этот барин занимается не дворянским делом, не предводителем служит, а в правлении частного общества.

Про него-то они сейчас и говорили с Гришкой.

II

— Ефим Иваныч! — окликнул Гришка.— Вот и Гаярин катит на вороной из правления.

— Кто?— переспросил Ефим, смотревший в другую сторону.

— Александр Ильич Гаярин, говорю, на вороной... Лошадка-то резвая, с побежкой. Чьего она будет завода?

— Должно быть, собственного.

— А нешто у них свой завод?

— Завод, в жениной вотчине, в дальней округе, там луга...

— Сама-то из богатеньких... Как, бишь, ее?..

— Антонина Сергеевна... Известно, из богатеньких... Не беднее его... И рода княжеского... Мать-то ее, Елена Павловна... Я и ту помню...

— Тех вон?.. Пересветовых?

Гришка указал глазами по направлению к Зыбину переулку, откуда, из-под изволока, виднелась верхушка большого сада.

— Известно... Князь-то приходится ей дядей, только вряд ли родным.

Ванька с самого начала этого разговора стал прислушиваться, чего лихачи не замечали.

Лошадка его поела. Он снял торбу и пододвинулся к Гришке.

— Вы про какова барина баете?— спросил он жиденьким, чисто крестьянским тенорком.

Гришка не сразу ему ответил и сначала переглянулся с Ефимом.

— Ты чего гоношишь?

— Про барина, мол, какова...

Сани с полостью, на вороном рысаке, уже поравнялись с дальним углом розового дома. В санях видна была фигура барина, в ильковой шубе и бобровой шапке-боярке.

— А тебе что? — спросил через Гришку Ефим и повел, на особый манер, своими толстыми властными губами.

— Про Гаярина баяли!.. Коли это Александр Ильич... то мы его довольно знаем. Мы завьяловские... барыни... супруги их, значит... От папеньки вотчина досталась. И ее знаем... Еще когда маленькая была... по летам-то у нас больше живали... Вот мне про кого!..

— Ишь ты!— насмешливо выговорил Гришка и стал глядеть вбок на Ваньку.— А ты, дяденька, нам отрапортуй: правда ли, что Александр Ильич, как еще молоденький был, чем там ни на есть проштрафился в Питере и как, ровно слыхали мы, под присмотром жил у себя в вотчине?.. Еще перед тем, как ему жениться...

Мужичок не сразу ответил.

Сани уже подкатили к подъезду, и барин в ильковой шубе быстро поднялся на крыльцо, обернулся лицом к кучеру, что-то сказал ему и позвонил.

— Он, он и есть,— выговорил Ванька, прищурившись вдаль.— Немного и постарел-то...

— Так как же, дяденька,— - расспрашивал Гришка,— враки это все или такое с ним истинно попритчилось?

Ефим тихо улыбался, повернув голову в их сторону, но сам в разговор не вступал. И он слыхал кое-что в таком роде про Гаярина, но не любил зря болтать.

— Это точно,— выговорил Ванька и забавно тряхнул головой.

В нем виден был большой добряк, и он только смотрел

"михрюткой", а в его подслеповатых глазах проглядывала смекалка и даже юмор.

— Надо так сказать, это верно,— продолжал он уже гораздо посвободнее.— Вотчина-то дальняя, его, значит, собственная, поблизости от нашей... Красный Плес прозывается... Приехал он в те поры млад-младешенек... баяли, заместо наказания его туда отправили из Питера. И спервоначалу чудил, паря...

— А что? — смешливо спрашивал Гришка.

— Да по-мужицки одеваться учал, и как следует — рубаха, портки... Чуть сенокос али жнитво — ремешок на голову взденет и пошел сам косой отмахивать. Однако жив этом его ограничили... Потому присмотр был строгий.

— Вот оно что,— как бы про себя вымолвил Ефим, не проронивший ни слова.

— Строгий...— протянул Ванька,— то и дело исправник наезжал.

— Значит, и до мужиков был хорош?

— Известное дело, паря, коли сам таким манером...

— Ну, теперь, любезный друг, косить не пойдет в ремешке,— выговорил вполголоса Ефим и поглядел на одно из окон розового дома.

— Извозчик!— сзади из переулка раздался крик и так внезапно, что даже Ефим вздрогнул.

Оба лихача враз ударили вожжами и покатили вперебивку на зов.

Ванька так и остался с недоконченным рассказом про барина, жившего в розовом доме.

Барин нашел в передней, кроме двоих лакеев во фраках при белых галстуках, еще какого-то малого, вроде посыльного или артельщика.

Пока один человек снимал с него легкую, очень дорогую ильковую шубку, другой доложил тоном дрессированного лакея, что нынче редкость, особенно в провинции:

— Из правления, с депешей, Александр Ильич... Сейчас принесли.

— После меня принесли?— спросил барин и, не снимая шапки, поглядел на адрес телеграммы и вскрыл ее тут же.

На его лице, бледном, очень тонком, с красиво подстриженною черною бородою, разделенною на две пряди, и в темно-серых острых глазах не выразилось ничего: ни досады, ни беспокойства. Только на белом, высоком, но сдавленном лбу, где плоские, лоснящиеся волосы лежали еще густою прядью, чуть заметно обозначилась одна линия, над самым носом, крепким, несколько хрящеватым, породистым. Усы он поднимал над волосами бороды, и концы их немного торчали.

— Хорошо, скажи там, что я вечером дам ответ.

— Слушаю-с, — выговорил артельщик и поклонился быстрым наклоном головы, характерным жестом местных мещан и купцов.

В дверях залы Александр Ильич остановился, поглядел вбок и назад и спросил:

— Антонина Сергеевна у себя?

— У себя-с,— ответили разом оба лакея.

— Никого нет на той половине?

— Никого нет-с.

Он прошел из залы, какие еще сохранились в губернских городах, сейчас же налево, в дверку, спустился две ступеньки и через темный коридорчик попал в свое отделение — две обширные комнаты, ниже остальной части дома, выходившие окнами в сад.

Прежде, когда дом принадлежал Порфирьевым, бывшим из рода в род предводителями, целых семь или восемь трехлетий, это были "детские".

И к ним вели ступеньки в ту и другую комнату. Первую Александр Ильич отделал себе под кабинет. По некоторым подробностям можно было распознать покой старинного помещичьего дома: по косякам окон и дверей, по притолкам и потолкам и по тому, как стоят печи. В кабинете уже недавно устроили камин из темного северного мрамора; в спальне — угловой, с четырьмя окнами — печь, в изразцах, занимала добрую четверть всего пространства. Там нарочно было мало мебели, для воздуха, обои светлые, на окнах короткие драпировки, по полу натянуто зеленое сукно, кровать железная, узкая, с байковым одеялом, на стене собрание ружей, два шкапа, кушетка, обширный умывальный стол с педалью и туалетный со множеством разных щеток и щеточек. По стенам — гравюры, старинные, английские, с кирпичным оттенком краски, перевезенные сюда из усадьбы, как и все почти остальные вещи.

Кабинет смотрел уже совсем по-новому: тяжелые гардины, мебель, крытая шагреневою кожей, с большими монограммами на спинках, книжный шкап резного дуба, обширное бюро, курильный столик, много книг и альбомов на отдельном столе, лампы, бронза, две-три масляные картины с рефлекторами и в углу — токарный станок.

Вся эта комната была устлана восточными коврами, и в ней звук шагов совершенно пропадал. Запах дорогих сигар и каких-то тонких духов, доходивший из спальни, куда вела стеклянная низкая дверь, подходил к убранству этого не очень высокого, но поместительного покоя, драпированного, по-заграничному, темно-красным сукном.

В кабинете Гаярин подошел к бюро, выдвинул один из ящиков и положил в него депешу. На письменном столе и по всей комнате замечался порядок, редко бывающий у самых аккуратных русских. Каждая вещь лежала и стояла на своем месте, но без жесткости и педантства, как будто даже с некоторою небрежностью, но над всем был неизменный надзор острых, темно-серых глаз хозяина.

Неслышными шагами прошел он в спальню. Перед обедом он, по-аглицки, менял туалет и одевался один, без прислуги.

III

На другом конце дома, в угловой комнате — по-старинному "диванная",— разделенной пополам перегородкою с драпировками, у маленького письменного столика сидела и дописывала письмо, в полутемноте, не зажигая свечи, жена Александра Ильича Гаярина, Антонина Сергеевна.

В ее будуаре, за перегородкой, помещалась постель, все смотрело скромно и немножко суховато: старинная мебель, белого дерева, перевезенная также из родовой усадьбы, обитая ситцем с крупными разводами, занавески из такого же ситца, люстра той же эпохи, белая, с позолотой, деревянная, в виде лебедя, обои и шкапчик с книгами, экран и портреты, больше фотографии по стенам и на письменном бюро. Никаких ненужностей и никакой склонности к новому жанру: превращать свои комнаты не то в музеи, не то в аукционные залы.

Между отделкой этой бывшей диванной и личностью женщины чувствовалось соотношение. Ни в ней, ни на ней не было ничего ненужного, с претензией, крикливого... Наружность Антонины Сергеевны в зимних сумерках выходила полутонами. Пепельные волосы уже седели, но казались как бы напудренными, очень просто, совсем не по моде, зачесанные за уши, с маленькой косой, прикрытою черным кружевом. Никаких золотых вещей, ни серег, ни браслет; худенький, узкий в плечах корсаж светло-серого, хорошо сшитого платья, со стоячим воротником; рост средний, худые тонкие руки и на правой руке одно только обручальное кольцо.

Голову она, по близорукости, низко наклоняла над листком бумаги и водила стальным пером быстро-быстро. Щеки ее, кверху, под веками, слегка покраснели. Обыкновенно лицо было бескровное, желтоватое, с чертами утомления, вдоль носа, которому вырез ноздрей, неправильный, но своеобразный, придавал несомненную пленительность. Промежуток между носом и верхней губой удлиненный, с резким желобком, и когда она говорила, эта особенность усиливала выражение больших, совсем темных глаз, очень молодых по игре и цвету. Зубы не успели еще пожелтеть — небольшие и блестящие, белизны цельного молока.

От всей фигуры этой почти сорокалетней женщины — ей пошел уже тридцать восьмой — отделялся неуловимый запах необычайной чистоплотности, редкий даже у наших светских женщин, и что-то нетронутое, целомудренное и действительно скромное проявляли ее жесты, обороты головы, движение пишущей руки и поза, в какой она сидела.

Письмо было дописано. Она его не стала перечитывать, ей не хотелось еще звонить, чтобы зажгли лампу, не хотелось зажигать свечей на своем столе; она любила эти зимние сумерки в ясные дни, с полосой ярко-пурпурного заката, видной из ее окон, в сторону переулка, позади извозчичьей биржи.

Она заклеила конверт и выпрямилась, не глядя на то, что написала, поставила адрес и прошлась по комнате.

В простенке висело узкое зеркало в раме, обитой тем же ситцем. Она мельком взглянула в него, не нужно ли ей причесаться, прилично ли все на голове.

Если "прилично", больше ей не нужно. Она не любила и не желала "рядиться" ни для себя, ни для других. Одевалась она хорошо, выписывала свои туалеты из Москвы, кое-что делала здесь. Но заказы ее сводились к трем зимним и трем летним платьям неизменно. На балы она не ездила.

Для приемов, к обеду и вечеру, она любила светлосерый туалет, бывший на ней и сегодня.

По звонку и шагам через залу она подумала о муже. Он прошел к себе и переодевается. Может быть, он найдет, что она слишком просто одета.

Ничего! Платье от Шумской, и носит она его всего с прошлого поста... Но ей представилось, когда она отошла от зеркала, бледное, красивое и значительное лицо ее мужа и его темно-серые глаза с известным ей выражением внутреннего контроля.

Под этим взглядом она постоянно чувствует себя неловко. До сих пор, по прошествии шестнадцати лет замужества, еще не умерло в ней чувство влюбленности.

Она не хочет и в таких пустяках противоречить тому, что он считает приличным, обязательным для жены такого человека, как он.

!!!!!"Il faut se devoir à sa position" {Положение обязывает (фр.).},— приходит ей на ум его фраза.

Прежде он подобных фраз не употреблял, там, в деревне, в первые годы их супружества.

Будет обедать губернатор. Он простой старик, умный, без всяких претензий. Кто еще обедает, она не знает. Александр Ильич вскользь сказал ей:

— У нас сегодня гости, к обеду.

Распоряжается столом он, а не она, заказывает, и даже любит это, повару Василию, их деревенскому, и отдает приказания старшему лакею, Левонтию, исправляющему должность дворецкого.

От всех этих забот она не отказывалась, но муж давно уже начал заниматься и домовым хозяйством, еще в деревне. Она стала болезненна, после того как сама выкормила детей, и сына Сережу, и дочь Лили. Вести хозяйство было ей иногда в тягость. Он это заметил и устранил ее.

Теперь, в городе, с того времени, как она осталась без детей, досугу у ней очень много... Она рада была бы войти в хозяйство, но так уж заведено, а Александр Ильич не любит, чтобы менялось то, что раз заведено. С этою чертой его характера, и не с нею одной, бороться трудно, да она и не желает.

В нем, с годами, развилась особого рода уклончивость, он избегает всякого повода к столкновению с ней, даже в пустяках... А хозяйство всегда дает к этому повод... Все идет в доме по часам, без малейшей зацепки, во всем чувствуется его властная рука, его ум, забота, такт, выбор.

В доме она точно почетная жилица или начальница какого-нибудь важного учреждения, которая не входит в мелочи хозяйства... И досуг начинает тяготить ее. Ее тянет в Петербург, к детям. В конце зимы она поедет, но раньше Александру Ильичу это не понравится. Он говорит, что детей надо оставлять одних, в их заведениях, одного в лицее, другую в институте, не волновать их постоянными свиданиями, иначе они не научатся никогда "стоять на своих ногах".

Прежде, когда они были еще маленькие, и речи никогда не заходило о том, чтобы отдать их в привилегированные заведения, особенно сына в лицей, в тот лицей, где отец сам учился и откуда вынес самое недружелюбное отношение к таким "местам систематической порчи",— так он тогда выражался... И об институтах он не иначе говорил как с насмешкой.

А когда подошел им возраст "готовиться", явились на очередь и "лицей" и "институт". Она, впервые, сильно протестовала и не отстояла своего протеста. Это желание отца было первым признаком того, что прежний Гаярин, тот человек, в которого она уверовала девушкой, чьею женой стала после тяжкой борьбы, уже покачнулся.

Внутри она близка к убеждению, что это так, но ничего не может схватить резкого, крупного, такого, чтобы нельзя уже было ему не сознаться...

В чем?

Вот этого-то слова она сама и не произносит... Ей жутко, хоть она и готова становиться на его место, желает выгораживать его перед собою, перед той Антониной Сергеевной, на суд которой он когда-то любил отдавать свои мысли, чувства, упования, поступки.

И в деле воспитания детей вышло так, что он, не прибегая к спорам и окрикам, без грубого противоречия с тем, что говорил когда-то вслух, приводил при ней разные соображения и делал это исподволь долго, целый год.

Вышло так, что Сережа попал в подготовительное училище, а Лили в тот же год отвезена была в Смольный,— разумеется, в дворянское отделение, а не в Елизаветинское.

Сейчас она писала о детях кузине, княгине Мухояровой, лучшему своему другу. Сестра ее живет тоже в Петербурге, но с ней она никогда не была дружна. Она даже не очень любит, чтобы Сережа ходил к тетке по воскресеньям на целый день.

Но и в кузине, в том, как она живет, каков у ней круг знакомых, что читает, во всем этом уже больше двух лет замечает она перемену, хотя и не совсем в таком же роде, как в своем муже.

И эти думы все чаще и чаще захватывают ее по нескольку раз на дню.

Вот и теперь она так задумалась посредине комнаты, что даже с удивлением увидала, как сгустились сумерки.

Она сама зажгла свечи на письменном столе и позвонила.

Все-таки лучше было узнать, на сколько приборов накрывают,— обедали они в зале,— и спросить у Александра Ильича, можно ли ей остаться в том же платье? Она узнает и то, кончил ли он переодеваться. К нему она не входит в спальню, когда он занимается своим туалетом, да и в кабинете не любит ему мешать неожиданным приходом.

Прежде это было иначе, совсем иначе.

IV

Туалет Александра Ильича Гаярина подходил к концу. Он охотно надел бы сегодня фрак, но в губернском городе это может показаться ненужною претензией. Губернатор — человек, не любящий никакой парадности, явится, наверное, в сюртуке с погонами, а не в эполетах. Другой гость — приезжий, правда, много живший и в Петербурге и за границей, но знает губернские порядки и во фраке не явится.

Английский обычай — обязательность парадного туалета для мужчин и женщин — считает он и красивым, и самым порядочным. Надо же поднимать чем-нибудь будничный строй жизни, особенно в России, в провинции, где все за последние двадцать лет так опустилось, впало в такую распущенность, дошло до полного отсутствия всякого декорума, при грубом франтовстве разночинцев.

В спальне, сидя уже одетым перед туалетным зеркалом, Александр Ильич медленно расчесывал бороду, разделяя ее на две большие пряди. Даже и при таких занятиях он не мог не думать... Фатовства в нем не было. Он видел в зеркале красивое лицо мужчины с тонким профилем, еще молодое, способное произвести впечатление не на одну женщину...

Но о женщинах он всего меньше думал. Если его потянуло из деревни, то уж, конечно, не за тем, чтобы искать здесь нетрудной интриги с какою-нибудь местною дамой...

Иметь в числе знакомых тонко воспитанную женщину для "чашки чая" по вечерам было бы приятно, но такая "чашка чая" что-то не представлялась. Довольствоваться кое-чем он не хотел. Это значило бы искать связи, показывать, что ему скучно дома, что он удовлетворяется первою попавшеюся губернскою барынькой, что он вульгарный развратник.

От всего этого он далек, и ему не трудно будет сохранить свою теперешнюю репутацию человека чистого по этой части. Он отлично видит, что здесь, во всем городе, нет мужчины интереснее его, значительнее, с большими правами на всякого рода успехи. За ним уже волочились, да и теперь две-три "gommeuses du cru" {местные щеголихи (фр.).}, так он их называет про себя, готовы были бы сойтись с ним.

К чему?

Свое чувство к жене Александр Ильич уже давно не разбирает. Он не может не видеть, что Антонина Сергеевна еще не остыла. Для нее он все еще тот же властитель ее дум, за которым она пошла без колебаний, сумела отстоять свой выбор.

Тогда она привлекла его милым, неправильным лицом, лаской глаз, задушевностью своего теплого голоса и еще больше трогательным преклонением перед его личностью, перед всем, что было в нем и что исходило от него. Ни тогда, ни теперь он не хотел заглянуть поглубже в душу этой женщины и распознать: полно, одно ли влечение к блестящему мужчине решило ее судьбу, а не другое что, не то, чем он был в ту пору? В голове, а не в сердце Гаярина смутно всплывать этот вопрос стал уже гораздо позднее, здесь, когда ему надо было во многом если не переделывать Антонину Сергеевну, то доводить ее до согласия.

И во всем он до сих пор успевал.

Он не помнит, чтобы когда-нибудь у них доходило до крупного спора, до сцены, до размолвки. Да он и не позволил бы себе действовать круто, выказывать право на авторитет мужа. Это хорошо для невоспитанных и неумных людей.

Его совесть не давала и не дает ему поводов смущаться и укорять себя.

В нем происходит естественный ход развития сильной и своеобразной личности, который на философском языке называется "эволюцией".

Недаром Герберт Спенсер был когда-то его любимым мыслителем. И он может не без гордости сказать, что хорошо его штудировал даже в подлиннике. Теперь у него нет столько времени, чтобы перечитывать, с карандашом в руках и книжкой заметок, своих любимых авторов, как бывало в деревне, лет пятнадцать тому назад; но ему кажется, что именно в книгах этого британца он и нашел бы объяснение и оправдание всему, что исподволь стало проситься наружу и отводить его все больше и больше от прежней программы жизни.

Антонина Сергеевна осталась — он это видит слишком ясно — все тою же экзальтированною барышней, из семьи, набитой чванством. Дочь барыни, которая до сих пор на визитных карточках неизменно ставит во второй строке "рожденная княжна Токмач-Пересветова", кроткая, сдержанная, "нутряная" девушка носила в себе, до встречи с ним, запретный плод великодушных, "красных", по-тогдашнему, идей, порываний и сочувствий. И года, дети, напор и потравы жизни не настолько ее придавили, чтобы голова перестала возбуждаться на прежние темы, именно голова, а не сердце; так он рассуждал уже давно, хотя вслух и в особенности в резкой форме еще никогда не говорил ей и с глазу на глаз.

Разумеется, голова! У сердца есть всегда довольно пищи. Она — мать, она — член общества, жена почетной особы в городе, может выбирать себе какую угодно отрасль благотворительности. Детей, правда, уже нет при ней, и за их отдачу в заведение стоял он; но это временно: да вдобавок она к ним ездит, их берут на зимние и летние вакации. Как женщина передовых идей,— Александр Ильич слово "передовой" произносил про себя с легкою усмешкой,— она должна же понимать, что любовь к детям для себя есть не "альтруизм", а чистейшее себялюбие, что детей только испортишь, держа при себе слишком долго, под давлением чересчур высокой температуры материнских забот, страхов, волнений и пристрастий.

Кажется, она все это и уразумела, наконец... По крайней мере, она уже не возвращается с некоторого времени к этой чувствительной теме.

Да, он развивался и развивается, а она — все на том же конце шестидесятых годов. Когда он думает с прибавкою метких французских фраз, он называет это: "ankylosée dans les idées d'il y a vingt ans" {застывшая в своих идеях двадцатилетней давности (фр.).}.

Иначе и быть не может. Мужчина — сила активная. Женщина — сила воспринимающая, пассивно пластическая. Какою ее замесят, такою она и остается всю жизнь: святошей, тщеславной бабенкой, чванною дворянкой, нигилисткой, простою самкой.

На этом законе природы Александр Ильич все крепче и крепче утверждался, и как раз в ту минуту, когда его белая, немного сухая рука провела в последний раз серебряною щеткой по волосам, мозг его дал заключительный аккорд его неторопливым мыслям.

Он знал вперед, что Антонина Сергеевна выйдет к гостям одетой не так, как бы он хотел. Но это она изменит — не нынче, так завтра, с новою переменой его положения. Об этой перемене он не мечтал, как мелкий честолюбец. Предстоящие выборы непременно принесут с собой очередной вопрос о самом достойном кандидате в губернские предводители.

Самый достойный, конечно, он. Над ним уже не тяготеет прежняя опека. Выбор его в первые местные сановники по сословному представительству будет означать, что он теперь совсем чист в мнении высших сфер.

И все это сделалось исподволь, без скачков, без всяких интриг, без ухаживаний, без которых не обходится никто, кому хочется прочистить себе дорогу к серьезной власти.

Фата он в себе не чувствует и по части своего нравственного превосходства. Это слишком очевидно. Ни в уездах,— он знает прекрасно весь личный состав дворян,— ни в городе нет ни чиновника, ни дельца, ни помещика, который сам бы не сказал во всеуслышание:

— Александр Ильич Гаярин у нас первый номер!

О злоязычии, клевете и диффамации он никогда не думал, а теперь способен, менее чем когда-либо, смущаться ими. Он выработал себе такой тон со всеми, что у него не было с тех пор, как он переехал из деревни,— не то что "истории", а даже простого недоразумения. Да и в деревне было то же самое.

Гаярин встал, отряхнулся, прошел в кабинет, позвонил два раза и, остановясь у окна, приложил указательный палец к правой брови: он соображал, приказать ли дворецкому подать после супа марсалы или особенной, привезенной еще из деревни, очень сухой мадеры: "Dix ans de bouteille" {десятилетней выдержки в бутылке (фр.).}.

V

В гостиной, огромной, жесткой и неуютной комнате, освещенной ярче, чем это делается в провинции в "порядочных" домах, сидел уже гость, когда Александр Ильич отдавал приказание насчет вина.

Лакей, исправляющий должность дворецкого, доложил ему, что приехал губернатор, и прошел к барыне.

Около дивана, где на углу, в молодой и неловкой позе, присела хозяйка, весь ушел в кресло среднего роста старичок, в плохо сшитом сюртуке с генеральскими погонами, немного сутулый, совсем седой. Он запустил бороду, и голова его не имела в себе ничего военного, лысая, с морщинистым черепом умного человека, много имевшего на своем веку болезней, забот и огорчений, голубые, потерявшие блеск глаза, с раздраженными веками, грустно улыбались сквозь поределые ресницы. Тонкий нос книзу темнел, губ не было видно из-под усов. Кожа на щеках лежала продольными складками от худобы.

Он не носил ни шпор, ни штрипок и ноги перекрутил, сидя вбок, с лицом, обращенным больше в угол, чем к хозяйке дома.

— Начинают полегоньку съезжаться,— продолжал он разговор о близости выборов.

У него не было передних зубов; он их не вставлял и давно получил старческий выговор.

— Вы любите, генерал, когда город немного оживляется!

— Еще бы!.. А то даже на вашей, самой бойкой улице, от здания присутственных мест до острога, простым глазом можно сосчитать всех пешеходов и седоков.

Он тихо засмеялся и повел нервно правым плечом,— у него это было род тика.

— А театра так и не будет?

— Так и не будет,— ответил он на ее вопрос почти уныло.

Его обижало за город, что не может здесь установиться постоянного театра, да и скучал он, живя один без семьи, по вечерам. В карты играл он только от скуки, читать по вечерам ему было запрещено. Бумаги читал ему правитель канцелярии.

— И к выборам не будет?

Антонина Сергеевна расспрашивала об этом, чтобы доставить ему удовольствие. У ней совсем не было привычки к зрелищам.

— Предлагало какое-то société {общество (фр.).},— они так нынче величают свои товарищества,— да, кажется, дрянцо какое-то... Обещали гастролеров, будто бы и Ермолову, и еще кого-то на несколько спектаклей получить... Но субсидию запросили сразу. А наш лорд-мэр и обыватели на это очень крепоньки... В театре полы расшатались давно, да и крыша кое-где течет... Уж, право, и не знаю,— кончил он с усмешкой,— чем мне по вечерам развлекать господ дворян?

Глаза свои он перевел тут же на лицо хозяйки дома, и в них что-то мелькнуло. Он подумал о ее муже, о том, пойдет ли Александр Ильич в предводители.

"Конечно, пойдет",— решил он уже не в первый раз. Он считал Гаярина не на месте. Ему известно было его прошедшее, он чувствовал в нем человека, который осторожно и ловко пробирается вверх. Положение директора частного общества временное. Обыкновенным дельцом Гаярин не будет.

С Антониной Сергеевной губернатор еще никогда не заводил разговора о карьере ее мужа. Его удерживало сложное чувство. В нем притаилась горечь неудачника. В супружеской жизни он был очень несчастен. На месте его забыли, больше пятнадцати лет даже чином не побаловали. А он начинал блистательно, как офицер генерального штаба, был несколько лет военным атташе одного из посольств. В лице Гаярина перед ним вставала личность, созданная для успехов в теперешнее время, он ему не завидовал, но и не преклонялся перед такими людьми. Себя считал он более достойным настоящего уважения. Насколько можно было на административном посту, он старался быть верным тому, что считал, еще молодым человеком, "просвещенным" и "гуманным", полезным для своего отечества.

В жене Гаярина он распознавал нечто родственное себе; но его удерживала деликатность: узнать ее взгляды на карьеру мужа.

С другой стороны, он был бы рад скоротать свой век, имея около себя такой предводительский дом, как Гаярины, находил Александра Ильича самым видным и дельным кандидатом, мечтал о том, что он в предводительше найдет друга, способного оценить его житейские испытания, усладить тяжесть одинокой старости.

От женщин, в смысле корыстного ухаживания, даже и в подчиненных сферах, генерал Варыгин давно уже отказался: "сложил оружие",— говаривал он.

— Выборы у нас будут интересные,— сказал губернатор и повел на особый лад усами.

Антонина Сергеевна не поняла его намека и поглядела на него вопросительно, без всякой задней мысли.

О том, что муж ее пробирается в предводители, она еще ни разу не подумала, как о близком факте. С ней он уже давно не мечтал вслух, не сообщал ей своих планов, избегал всяких разговоров о личных интересах.

— Сословие желают поднять,— продолжал старик и

передернул правым плечом.— Что ж, хорошее дело, если только впрок пойдет.

И в глазах, отуманенных годами и горечью жизни, проползла струйка иронии.

— Надежда плохая! — сказала Антонина Сергеевна.

У ней на этот счет взгляды давно установились. Она не любила громко обличать и разносить; но на свое сословие она была точно таких взглядов, как ее муж пятнадцать лет назад, когда он жил в деревне под присмотром.

— Как бы капиталы нового банка не пошли туда же, куда и блаженной памяти выкупные свидетельства.

Она усмехнулась, и ее улыбка ясно говорила: "Можно ли в этом сомневаться?"

Этого умного и простого старика, забытого на губернаторском посту, она считала "своим" человеком, которому только его должность не позволяет высказываться посильнее. И не столько должность, сколько другое время. Лет пятнадцать — двадцать перед тем он, наверное, был менее сдержан. Ему Антонина Сергеевна прощала. Он весь свой век служил, старался быть честным, оставался верен некоторым идеям общественной правды. Чего же больше требовать от него? Было бы печальнее, если бы он либеральничал на словах, а на деле был ретроград и черствый честолюбец или тайный изменник своей присяге.

Ее муж смотрит на него сверху вниз, считает его "запасным", не раз уже проговаривался, что на таком месте, как пост начальника губернии, надо иначе держать себя, иметь другой тон, больше "инициативы" и "авторитета".

Эти фразы странно звучали для нее в устах Александра Ильича. Правда, они выходили у него легко и ловко, кстати и с неуловимым двойственным оттенком. Так мог говорить и радикально мыслящий человек.

— Место предводителя никогда у нас не пустовало,— заметил губернатор и опять кинул на нее боковой взгляд.— А теперь вот второй год пустует.

— Охотники найдутся,— вымолвила она и почувствовала, что он намекает на мужа.

— Александру Ильичу, может быть, хочется,— потише сказал он,— чтобы ему шарики на тарелке поднесли, как в доброе старое время?

— Александру Ильичу? — переспросила она и начала краснеть, ей стало вдруг очень неловко.

Она хотела бы возразить: "Помилуйте, с какой стати пойдет он в предводители даже и теперь, когда хотят поднимать сословие?" Но ее всегдашняя честность не позволила ей такого протеста. Ручаться за него она уже не могла, и это ее смутило и опечалило.

Старичок после своей фразы сидел все в той же перекошенной позе, и ему казалось забавным, что через каких-нибудь пять-шесть недель он будет посылать ее мужу официальные пакеты с надписью: "Его превосходительству господину губернскому предводителю дворянства" и увидит его в соборе, в табельные дни, в белых панталонах с галуном.

Давно ли он, как начальник губернии, должен был давать сведения о помещике такого-то уезда, владельце такого-то имения, проживавшем в своей усадьбе под надзором?.. Ему вспомнилось обычное полушутливое выражение правителя канцелярии, называющего этот отдел сведений, отбираемых от уездного начальства, "кондуит".

И в эту минуту в дверях гостиной он увидал стройную, еще очень молодую фигуру Александра Ильича, затянутую в сюртук, с его темною расчесанною бородой, в высоких модных воротничках, с тихою, значительною улыбкой сжатого энергичного рта.

Антонина Сергеевна быстро взглянула на мужа, еще не освободившись от своего смущения, и ее пронизала мысль:

"Да, он метит в предводители и скрывает это от меня!"

— Как поживаете, генерал? — раздался от двери ласково-почтительный вопрос, и две руки протянулись, на ходу, к гостю.

VI

В начале восьмого пили кофе и курили в будуаре хозяйки.

Кроме губернатора, был тут и другой гость, несколько опоздавший к обеду, некто Ахлёстин, Степан Алексеич, чином отставной гвардии штаб-ротмистр, холостяк лет под пятьдесят. Плотно остриженная, еще не седая голова его давала ему вид очень нестарого человека — и маленькая бородка, и короткая жакетка, и светлый атласный галстук. Он одевался по-заграничному. В России жил он только по летам; на этот раз запоздал и хотел остаться на выборы. Он уже больше двадцати лет проживал на юге Европы, не служил, не искал службы и досуги свои употреблял на то, что сочинял проекты по вопросам русского государственного хозяйства и управления, задевал и общие социальные темы, печатал брошюры по-французски и по-русски, рассылал их всем "власть имеющим" на Западе и в России. Его считали везде чудаком; иные думали, что подо всем этим таится нечто другое, чего, в сущности, не было... Он никого не дурачил.

И теперь, за кофеем, Ахлёстин, немного запинаясь в речи, высоким голосом, с манерой говорить москвича, на которую житье за границей не повлияло нисколько, рассказывал про то, каким он особам разослал последнюю брошюру: "О возможных судьбах Европы в виду грядущих социальных переворотов и неизбежных войн".

— На Западе двое мне, как порядочные люди, ответили... настоящими письмами,— весело крикнул он.— Остальные... благодарили.

— А сколько вы разослали экземпляров?— спросил губернатор.

— Да уж, ей-богу, не помню... В одной России штук триста. Так по адрес-календарю и валял!

— И, разумеется, у нас все промолчали?

— То есть, pardon, Антонина Сергеевна! — хоть бы плюнул кто.

— Ну, а эти двое европейцев? — возбужденно допрашивал старичок.

Хозяин дома сидел поодаль и неопределенно улыбался.

— Покойник Биконсфильд и дон Педро.

— Император Бразилии?

— Он самый.

— Зато какова парочка!

— Да! Дизраэли даже удивил меня. "Совершенно,— пишет,— согласен с вашим взглядом". А я насчет Индии предлагаю примирительную систему. "Всем великим нациям, говорю я, будет достаточно дела в тех странах, где они призваны господствовать".

Хозяин продолжал молчать и отхлебывать из маленькой плоской чашки черный, очень крепкий кофе. В глазах его мелькала улыбка. Он слушал гостя и думал полуиронически, полусерьезно о том, какую роль играют у нас проекты и докладные записки там, в Петербурге, где всякий "чинуш" норовит отличиться, бьет тревогу, доказывает неминуемую гибель общества, если не послушают его.

Худощавая, своеобразная фигура Ахлёстина выделялась перед ним на фоне кресла, обитого светлою старинною материей. Он часто двигал свободною правою рукой: лицо его смеялось, а в глазах была какая-то смесь мечтательности и юмора с чисто русским оттенком.

"Мне, мол, все равно; я не бьюсь ни из чинов, ни из окладов... Пускай на меня свысока смотрят все власть имеющие".

И он тотчас же прибавил, точно возражая кому-нибудь из присутствующих:

— Я ни к какой кучке не принадлежу!.. Одни считают меня ретроградом, чуть не ярым крепостником, другие — тайным нигилистом... Кто-то даже Каталиной обозвал... хе-хе-хе!

Смех у него был высокий, детский. Губернатор тихо рассмеялся вслед за ним.

— Ей-богу! Все личину носят и тянут только в свою сторону, а я так рассуждаю: пусть в моих немудрых писаниях много вздору; но если есть хоть крупица дела на пользу общую и этою крупицею воспользуется кто-нибудь власть имеющий, больше я ничего и не желаю. Надо понять, я стою за поднятие того сословия, в котором родился, только затем, чтобы всем было хорошо, чтобы народ не нес лишних тягостей, не пропился и не избаловался бы в лоск.

— Трудно,— выговорил губернатор, как бы думая про себя,— очень трудно,— протяжно повторил он,— влезть в кожу мужика, в то, что он должен выбить из земли сохой или заступом.

Его добрые, затуманенные глаза обратились к Антонине Сергеевне; она встрепенулась и быстро кивнула ему головой.

Из троих собеседников ему больше всего она верила, к нему была ближе душой. Мужа она совсем не чувствовала сегодня, в этом разговоре, и давно уже не слыхала, чтобы он высказался прямо, смело, как прежде... Его блуждающая улыбка и уклончивая молчаливость смущали и печалили ее.

Во взгляде старичка она прочла признание человека с сердцем, которому долгая губернаторская служба дала отличное знание того, как выбиваются, по уездам, годами накопившиеся недоимки. Она вспомнила, что раз в этом же будуаре он сильно повел правым плечом и у него вырвалось восклицание:

— Вот на это и клади всю душу! Выбивай недоимки!

И с каждым годом все хуже и хуже!

Даже Ахлёстин,— она считала его все-таки защитником сословных взглядов,— казался ей искреннее и цельнее Александра Ильича. Она не могла отличить в нем привычки к известного рода дилетантству от убежденности человека, имеющего свои взгляды, способного вдумываться в судьбы всего человечества и своей родины. Брошюр его она не читала.

— Да почему же вы думаете, генерал,— вдруг еще веселее заговорил Ахлёстин,— что я не проходил через настоящую мужицкую работу?.. И очень! Позвольте вам рассказать один такой эксперимент. Давненько это было. Я уже вышел в отставку и гостил у тетки, в деревне... Знаете, тогдашнею модой насчет хождения в народ я не зашибался.

Эту фразу он сказал просто, между прочим, но Антонину Сергеевну кольнуло, и она не могла не взглянуть в сторону мужа. Тот сидел с неподвижным лицом и с тою же усмешкой на тонких губах.

"Он даже забыл про это,— с горечью подумала она,— или уже привык носить маску?"

— Нет, не зашибался,— повторил рассказчик.— А с мужиками ладил, ничего. Ну, и времени много было свободного. У тетки копали пруд. И плотину надо было соорудить здоровую... А главное, копать... Пришли землекопы... Артель человек в восемь — десять. Я с ними в знакомство вступил... "Тары-бары... Хорош табачок"... Хожу, посматриваю, как они действуют... И, знаете, на третий, кажется, день разобрала меня охота... Отчего мне не поработать?.. Только чтобы до конца довести вместе с ними...

— И выдержали? — с живостью спросил губернатор.

— И выдержал! Пиджак и штиблеты с себя поснимал, даже волосы ремешком пристегнул... Вставал с петухами, ел с рабочими из одной чашки,— еще пост Петровский пришелся,— хлеб, лук, каша с конопляным маслом, тюря... Отлично!.. И поверите, когда к концу первой недели перестало в пояснице ныть и руки я достаточно намозолил,— такое, я вам скажу, душевное настроение... Никогда в жизни ничего подобного не испытывал! Ей-богу!.. Это что-то совсем особенное... Одна забота, одна мысль — вот этот пласт земли уничтожить, а потом третий... И верх благополучия — все выкопать, плотину утрамбовать в наилучшем виде и воды напустить!..

— Так уж это помещичье чувство! — перебил губернатор.

— Ни Боже мой!.. Я все забывал: кто я, где живу... что барин я, гвардии штаб-ротмистр, племянник помещицы... Мало того, всякие дела там, в Европе!.. В то время Испания в ходу была... Королева Изабелла, генерал Прим, кортесы, потом претенденты на престол... Все это вдруг показалось мне такою пустяковинкой! Работа!.. Одна работа!.. Вот какая притча!

— И вы уверены, что и землекопы так же чувствовали?— не сдавался губернатор.

— Непременно! Нельзя иначе чувствовать, когда работа

держит вас в своих клещах!.. Лучшего душевного настроения нет и быть не может!

— Однако вы в нем не остались?

— Это уже другой вопрос, ваше превосходительство! Всякому свое... Что вы, Александр Ильич, на это скажете?

— А скажу то, что надо через это пройти, но не затем, чтобы забывать обо всем другом...

"О чем?" — стремительно спросила про себя Антонина Сергеевна и сдержала желание посмотреть на мужа.

Ахлёстин начал уже прощаться, торопливо, точно он опоздал куда. Его удерживали. Он объявил, что должен в Москву, с вечерним поездом, и, уходя, в дверях сделал дурачливую мину и сказал:

— Все корректура донимает. Приятелям нельзя поручить, наврут!

Хозяин пошел его провожать. Губернатор перешел со своего кресла на диван, поближе к Антонине Сергеевне.

VII

Александр Ильич вернулся очень быстро, в дверях остановился немного и оглянул и гостя и жену.

— Уехал?— спросил его губернатор и вытянул ноги.— Господин реформатор?

Слово "реформатор" произнес он с заметною улыбкой.

— Да, реформатор,— повторил Гаярин и сел опять на свое место, в той же позе, с тем же лицом, и взял опять со столика недопитую чашку.

— Этакие-то не опасны,— продолжал губернатор и повел слегка плечом,— по крайней мере, ничего не хотят истреблять и ни подо что тайно не подкапываются!.. Рассылают свои писания во все концы света.

— Как сказать?— заговорил, наконец, Гаярин и выпрямился.— Эта игра в спасители человечества только подрывает кредит тех, кто действительно хотел бы вложить свою лепту в общее дело.

Эту фразу произнес он с остановками, ища слов, чего с ним не бывало никогда. Точно будто ему не хотелось ни в каком смысле высказываться в присутствии своей жены.

Антонина Сергеевна так это и поняла и продолжала сидеть в неловкой позе, с опущенными глазами. Она с радостью взяла бы папиросу и закурила, но муж ее, с некоторых пор, не любит, чтобы она курила, особенно при гостях.

— Эх, Александр Ильич, кто у нас читает?.. Ведь он сам же сейчас говорил, что ему ни единая душа не ответила из трехсот человек, которые значатся в адрес-календаре.

— Что ж, он все-таки живет для идеи и верен себе,— с внезапным блеском в глазах сказала Антонина Сергеевна и повернула голову в сторону мужа.

Она не могла сдержать в себе начала какой-то, совсем новой тревоги, потребности проявить вот сейчас свою личность, заставить мужа бросить уклончивый тон и начать высказываться откровеннее... Минута казалась ей самою подходящей. Губернатор поможет ей в этом направлением разговора.

— Таких реформаторов,— продолжал старичок,— я бы не променял на тех господ, которые проживают у меня на попечении.

Он оглянулся на Антонину Сергеевну. Намек его она тотчас же поняла.

В городе находилось несколько человек, присланных на житье. Одни попали прямо из столицы, другие из дальних губерний, двое из-за Урала. Ими Антонина Сергеевна интересовалась постоянно. Между ними было два писателя-беллетриста и сотрудник толстых журналов по философским вопросам Ихменьев. Он был вхож в их дом или, лучше, она с ним познакомилась и принимала у себя... Александр Ильич позднее узнал об этом от нее, но сам не пожелал поближе сойтись с Ихменьевым. Она помнит и чуть приметную гримасу, с которой он сказал ей:

— Смотри, Нина, эти господа непременно будут просить о чем-нибудь нелегальном и впутают в истории...

И тотчас же удалился, оставив ее под впечатлением этой фразы.

— Разве они подводят вас... под неприятности? — спросила Антонина Сергеевна, и легкая дрожь прошла у ней внутри, хотя в комнате было не меньше пятнадцати градусов.

Она чего-то ждала и на что-то напрашивалась.

— Подводят-с,— выговорил с полукомическим вздохом старик и опять принял свою изломанную позу.— Кажется, я крутым надзором никогда не отличался...

Александр Ильич сделал кивок головой в знак согласия.

— Прежде и нам было поудобнее... И нас меньше беспокоили... да и народ другой был... А наш город, хотя он и к центру империи принадлежит, сделали дурную привычку, там,— он повел рукой,— избирать местом более легкого изгнания, вроде какого-то чистилища... Прежде каждого из этих господ определить было не так трудно... А теперь, Бог его знает, что у него там, под его долгою гривой, в мозгу шевелится. Проживает-то он на моем попечении за одно, а, может, высиживает в себе совсем другое... и вместо того, чтобы пользоваться своим житьем в городе, откуда ему разрешается и в Москву съездить иной раз, и в Петербург, он продолжает сношения с самым, уже что ни на есть, нелегальным народом в России и за границей! А губернатору нахлобучка, да, нахлобучка!.. Хе-хе!

Все это было выговорено шутя: ни стариковской горечи, ни чиновничьей строгости не слышалось в тоне. Антонина Сергеевна схватила взгляд мужа. Его острые глаза отливали стальным блеском, точно говорили:

"Сам ты, старичок, виноват... Слишком долго любил драпироваться в либерализм, читал запрещенные книги, потакал всяким, явно нелегальным попущениям, заигрывал со всем этим народом, ждал от них выдачи себе похвального листа за гражданские чувства. Вот теперь и кусай локти".

Она прочла все это в его красивых глазах с отблеском стали, в которых, когда-то, видела другой огонь — порываний и сочувствий, отошедших куда-то в глухую темь.

— Удивляюсь,— начал вдруг Александр Ильич и поставил

чашку на столик,— удивляюсь я одному: как у этих господ нет профессиональной честности! А ведь это,— подчеркнул он,— превратилось как бы в профессию... Я иду напролом, умышляю против известного порядка вещей, сознательно призываю на себя неизбежное возмездие, неизбежное,— повторял он с оттяжкой,— в каждом правильно организованном государстве, и потом возмущаюсь последствиями моих деяний, хитрю, пускаюсь на мелкие обманы, не хочу отбыть срока своего наказания, как порядочный человек, понимающий смысл народной поговорки: люби кататься, люби и саночки возить!

Он еще что-то хотел сказать, но оборвал свою речь. Антонина Сергеевна быстро взглянула на него, и, должно быть, этот взгляд помешал ему докончить.

Нервная дрожь не проходила в ней. Она сама чувствовала, что должна быть бледна. Ей захотелось возразить, сразу поставить что-то ребром.

Но губернатор встал и пошел в другой конец комнаты за фуражкой.

— Это верно, профессиональной честности не хватает!— выговорил он.— Интересная тема, Антонина Сергеевна, не правда ли? И ваше мнение желательно бы выслушать, да я уже засиделся... У меня сегодня комиссия... и скучнейшая. Что делать!.. Как это по-латыни? Caveant consules? {Пусть консулы будут бдительны? (лат.).} Так, кажется, Александр Ильич? На своем посту все надо быть. Он подошел к хозяйке и взял ее руку.

— Позволите? — спросил он тоном военного.— Ваш супруг пока еще вольный гражданин. Днем посидит там, в правлении, а вечером... не знает никаких комитетов и комиссий, и подписывания исходящих. Дайте срок! Мы и его впряжем.

Антонина Сергеевна спросила его глазами: "Во что впряжете?"

— И вы у нас будете скоро штатскою генеральшей... Ведь вы с мужем вашим занимаете исторический дом... Здесь испокон веку жили губернские предводители. Много было тут пропито и проедено, проиграно в карты... Пляс был большой...

и всякое дворянское благодушие. Пора немножко и стариной тряхнуть... И вам пора, Антонина Сергеевна, принять над нами власть. Вы у нас первая дама в городе, недостает только официального титула.

Он еще раз поцеловал ей руку и молодцевато повернулся в сторону мужа.

Александр Ильич стоял ближе к ней. На его лице она ничего не прочла, но вся фигура его говорила:

"Да, мне пора в губернские предводители. Я это знаю, и мне должны поднести шары на блюде".

— Так ли? — спросил его, уходя, губернатор.

— Я не судья, — ответил Гаярин и с жестом почтительной ласки слегка взял старика за плечо и пошел с ним в гостиную.

"Не судья...— повторила мысленно Антонина Сергеевна, вся охваченная возрастающим чувством, которому она должна была дать ход,— не судья... в своем деле? Все этого хотят! Значит, ты все сам подготовил и ждешь первой ступени туда, где в тебе умрет прежний Гаярин!"

VIII

В передней Александр Ильич сказал еще несколько лестных слов гостю и, на прощанье, посоветовал поднять воротник шинели.

— Ветер резкий, берегитесь, генерал.

Ему сначала не захотелось возвращаться к жене. Он не желал проводить вечер дома, с глазу на глаз, или одному, у себя в кабинете, за первою попавшеюся книжкой. Давно Александр Ильич не читал жене вслух, как бывало в деревне, длинными осенними и зимними вечерами, когда он усиленно развивал ее в первые годы их брачной жизни. Читал он ей на четырех языках, и на всех одинаково хорошо. У него была даже страстишка к красивому чтению, и одно время он считал себя декламатором. Тогда прочитывались целые тома Спенсера, Мишле, популярных немецких сочинений по естествознанию, "Мизерабли" Гюго, английские радикальные журналы, всего чаще "Fortnightly Review", книги Джона Морлея, Ренана, Кине и социальных писателей сороковых годов, романы Джорджа Эллиота и Ямбы Барбье... Все тогда шло впрок...

Теперь охоты нет, а если бы он что и прочел ей, то не из прежних авторов и не с тою целью.

Лучше он поедет сегодня в клуб... Начинают съезжаться дворяне. Надо почаще показываться. Может быть, он сыграет роббера три с кем-нибудь из уездных предводителей. И губернатор из своей комиссии, наверное, заедет в клуб съесть по своей привычке порцию холодной ветчины и немножко повинтить, а то так просто посидеть около играющих.

В клуб надо поехать!.. Но это еще успеется. Он подавил в себе малодушное, на его взгляд, нежелание вернуться к жене и пошел более решительным шагом через гостиную.

Разговор о господах, находящихся, как выражался губернатор, на его "попечении", подсказал ему решение дать Антонине Сергеевне добрый совет уклониться от дальнейшего знакомства "с господином Ихменьевым",— выговорил он про себя и с особым движением своего красивого рта. Лучше сделать это сейчас, а не откладывать на завтра.

— Morgen, morgen, nur nicht heute, sagen alle faule Leute {Завтра, завтра, не сегодня — так лентяи говорят (немецкая поговорка).},— произнес он вполголоса, проходя через опустевшую гостиную.

Вид этой комнаты показался ему донельзя тусклым и бедным. Надо ее заново отделать. И, вообще, оживить эти просторные барские хоромы, сделать дом открытым. Это будет необходимо с переменой положения. Да и пора прекратить теперешний странный образ жизни... Точно они какие-то поднадзорные... или люди опасного образа мыслей, не желающие сближаться с городом.

Все это идет от Антонины Сергеевны. Она не любит, в сущности, ни женского, ни мужского общества. До сих пор она, точно у себя в усадьбе, читает книги, пишет бесконечные письма, мечтает Бог знает о чем, не хочет заняться своим туалетом, играть в городе роль, отвечающую положению мужа.

Впервые Гаярин испытывал особое раздражение против

жены, не похожее на ту сдержанную уклончивость, с которой он вел с ней постоянную борьбу, переделывая ее на новый лад.

— Нина, ты здесь? — окликнул он в будуаре из-за портьеры.

— Здесь,— ответила она из-за перегородки, куда ушла переменить туалет, надеть свой любимый фланелевый капотик полосками.

— Et la femme de chambre est là?

— Je suis seule {И горничная здесь? Я одна (фр.).}.

В ответе жены Александру Ильичу послышалось нечто новое. Не было неизменной прибавки "mon ami" или "мой друг", без которой она никогда не обращалась к нему.

Это его поставило настороже, но не изменило его решения — поговорить с женой на щекотливую тему.

— Ты легла?

— Нет, я сейчас переоденусь.

И это ему не очень-то понравилось. Может кто-нибудь приехать невзначай, а хозяйка дома в халате. Никогда, так ему казалось теперь, не поощрял он ее к этой русско-деревенской распущенности. Она опрятно себя держит, но никакой заботы об изяществе, о красивых деталях туалета, преувеличенная склонность к своего рода мундиру скромности и радикализма.

Слово "радикализм" он очень отчетливо произнес про себя, и взгляд его со стальным отблеском остановился на портьере перегородки. Даже и это ему не нравилось, что жена его спала в той же комнате, где и сидела целые дни, где и принимала иногда гостей.

Да, она в своем фланелевом халатике, который старил ее на десять лет, и даже сняла кружево с головы. От этого седина гораздо больше стала серебриться и на висках, и на темени.

К своей жене он, как мужчина, начал незаметно охладевать в последние пять лет, но никогда не разбирал своего чувства к ней, не возмущался, не жаловался ни самому себе, ни в дружеской беседе. Да у него и не было друга... Он принимал это как неизбежность "эволюции" супружеской связи, и свою честность, то, что не обзавелся любовницей, считал он высшим доказательством уважения к женщине, от нее не требовал никаких порывов и желал подтянуть ее в туалете вовсе не за тем, чтобы подогревать свое чувство к ней.

Всего сильнее избегал он поводов к "восторженности" — тоже новое для него слово в оценке характера Антонины Сергеевны и их взаимных отношений. Следовало бы и сегодня отклонить опасность щекотливого разговора, но он надеялся выйти из него без всякого "психического осложнения".

— Tu as à me parler? {Ты хочешь со мной поговорить? (фр.).} — спросила Антонина Сергеевна все еще из-за перегородки и опять как бы не своим тоном.

По-французски она не любила говорить с глазу на глаз и вообще неохотно вела разговор на этом языке, между тем как Александр Ильич, с переезда в город, стал приобретать привычку, которую двадцать лет назад считал "нелепою" и даже "постыдною".

— Oui, chérie {Да, милая (фр.).}.

Слово "chérie" было выговорено им сладковато, более тонким голосом. Этот звук действовал на нее с некоторых пор, точно кто проводит при ней ногтем по глянцевитой бумаге.

— Сейчас! — откликнулась она уже по-русски.

Он сел к столику и вбок взглянул на несколько писем, лежавших тут адресами вверх. Зрение у него было превосходное, и он схватил глазами адрес кузины Антонины Сергеевны, княгини Мухояровой.

"Излияния,— подумал он,— и кисло-сладкие сетования на что-то".

Вслед за тем он поправил сюртук и выпрямился. К объяснению он приготовился вполне.

Он не сразу заметил, что она стоит позади в портьере перегородки, оправляет воротник ночной кофты, обшитой кружевцом, в фланелевом полосатом халатике и смотрит возбужденно, с блуждающею, немного жалобною улыбкой и давно небывалым острым блеском в ее добрых, мечтательных глазах.

Никогда она еще так не глядела на него, на эту умную, красивую голову, с лоснящимися волосами и слегка редеющей маковкой, на стройную, очень молодую фигуру, на значительный тонкий профиль барского лица, и не влюбленными глазами глядела она.

В первый раз заползло в ее душу настоящее чувство тяжкой неловкости, назойливой, властной потребности убедиться: тот ли это человек, за которым она кинулась из родительского дома, как за героем, за праведником, перед которым стояла на коленях долгие годы, или ей его подменили, и между ними уже стена, если не хуже, если не овраг, обсыпавшийся незаметно и перешедший в глубокую пропасть?

Припомнилось все ее собственное поведение за последние три-четыре года, когда она из влюбленности к нему, по ослеплению и дряблости натуры, поддавалась ему во всем, делалась добровольно участницей в его ренегатстве.

"Да, ренегатство",— шептали беззвучно ее губы еще до его прихода, когда она за перегородкой, у постели, застегивала вздрагивающими пальцами пуговки своего пеньюара.

И в эту минуту в ее взгляде сидел страшный вопрос: того ли человека найдет она в своем красавце герое, в Александре Ильиче Гаярине, пострадавшем за свои убеждения и симпатии, или кандидата в губернские предводители, честолюбца, карьериста, готового завтра же надеть ливрею и красоваться в ней?

Александр Ильич, оправляя свой шитый у француза сюртук, никак не предчувствовал, что его жена готовит ему такой допрос... Он уже был заранее убежден, что его дипломатии хватит на то, чтобы не дать Антонине Сергеевне и повода протестовать или возмущаться.

— Это ты? — спросил он ее, не поворачивая головы и даже глаз.

— Это я,— вздрагивающим звуком ответила она.

IX

Он тогда быстро повернул к ней голову и прошелся взглядом по всей ее фигуре, как будто что-то неладное почуялось ему.

— Tu as la migraine? {У тебя мигрень? (фр.).} — спросил он ее больше тоном беспокойства, чем заботы.

— Я совершенно здорова,— сказала отрывисто Антонина Сергеевна.

Муж ее сейчас догадался, что она не желает говорить по-французски. В таких пустяках можно было уступить ей. Но уклоняться от темы разговора он не хотел.

Пора ей быть с ним солидарной и понять, что пришло время жить настоящими интересами, а не фрондировать бесплодно, портить себе все замашками каких-то заговорщиков, "кажущих кукиш в кармане".

— Если ты утомлена, я оставлю разговор до другого раза.

— Я нисколько не утомлена.

Ее голос и отрывочность тона показывали, что она не может овладеть собою и только не знает, с чего ей начать, как выразить ее чувство.

— Видишь, мой друг, я хотел тебя предупредить... Мне пришло это на мысль по поводу нашей беседы... о тех господах, которые живут здесь под надзором... К выборам начнут съезжаться... бывать у нас. Ты понимаешь, вдруг один из этих господ пожалует к тебе... Например, этот... философ... Я ничего не говорил тебе до сих пор, но, право, лучше бы было воздержаться...

Она не дала ему докончить, села у своего письменного столика, но очень близко к нему, подалась к нему всем своим сухощавым телом, вытянула руки и оперлась ладонями в колено.

— Александр...— заговорила она, и приступ нервности зазвучал в ее голосе. Ее дыхание, горячее и порывистое, доходило до его лица. Зрачки были расширены.— Александр, я прошу тебя не продолжать в этом направлении. Я и без того настрадалась сегодня, видя, как ты позволяешь себе, не стыдишься,— она с трудом находила нужные слова,— не стыдишься говорить такие вещи, которые тебя возмущали бы десять лет тому назад... И это подтверждает то, что я начинаю чувствовать... Так нельзя, так нельзя! — вдруг оборвала она на резкой ноте, схватила себя обеими худыми руками за голову и откинулась на спинку низкого кресла.

Александр Ильич молчал. Что ж ему отвечать на ее тираду, и в такой неожиданной и неуместной форме?

Выходка жены была выражением чего-то накоплявшегося. Он не мог не думать о том, что могло происходить в последние годы в душе Антонины Сергеевны. Но сознание своего превосходства и постепенность сделок с своим "я" не давали ему предчувствия такого взрыва.

Он не узнавал ее. Откуда этот взгляд, возбужденность жестов и тона? "Восторженность" ее проявлялась прежде иначе, сентиментально, мечтательно, в разных идеях и стремлениях, во фразах, которым он же ее научил, в привычке обо всем говорить "с направлением". Но тут зазвучало нечто иное. И все-таки он не хотел сейчас же отвести удар, а ждал, к чему она придет.

— Ты меня точно не понимаешь,— еще возбужденнее спросила она,— или ты хочешь свести все, как это сказать, на нет, замолчать то, что я вижу в тебе?

— С какой стати, мой друг, затеваешь ты подобное объяснение? — выговорил он наконец.— Точно мы не живем вместе, не видимся каждый день. Если я меняюсь, то на твоих глазах. И странно было бы требовать от меня все тех же увлечений, какие извинительны были в мальчике. Да и что за экзамены между мужем и женой, привыкшими уважать друг друга?

— В том-то и дело, Александр Ильич,— перешла она на "вы",— что я боюсь потерять к вам уважение. Боюсь! Оно висит на волоске.

— Нина, это слишком! Ты будешь раскаиваться в твоих словах.

Он встал и выпрямился во весь рост. Щеки побледнели, и лоб разделила пополам складка, обыкновенно незаметная.

— На волоске!..— повторила Антонина Сергеевна и тоже поднялась.— Я давно хотела сказать тебе, как ты предаешь все твое прошедшее, сжигаешь твои корабли!..

— Пожалуйста, без шаблонных фраз!

— Оставьте меня говорить так, как я хочу! — крикнула она и заходила между перегородкой и письменным столиком.— Я сама каюсь во всем том, что уступила вам. Вы умели опутывать вашею диалектикой, вы отняли у меня детей, отдали их Бог знает куда, сделали меня сообщницей или, по крайней мере, потакательницей в устройстве своей карьеры. Да, прежний Гаярин умер. Его нет, я вижу. Через три недели вы попадете в предводители. Это вам нужно для дальнейших комбинаций.

У ней вырвался истерический смех. Он все бледнел, и стальной взгляд красивых глаз темнел заметно.

— Я не могу вести разговор в таком тоне; и я не узнаю тебя, Нина,— глухо сказал он.

— Не смейте говорить мне "ты"! Я не жена вам, не подруга! Вы должны были сейчас же сознать всю правду моих слов и сказать мне, если в вас теплится хоть капля прежних убеждений: "Да, Нина, я падаю, поддержи меня!" А что я вижу? Вы и теперь хотите обращаться со мной точно с сумасшедшей. Господи!

Она опустилась на диванчик и закрыла руками лицо. Но плакать она не могла: ее душило. Когда она готовилась к этому объяснению, в ней была надежда на то, что она ошибается, что ее Александр вовсе не ренегат, что он только на опасном пути и недостаточно следит за собою.

А тут с первых его слов она почувствовала бесповоротно, что прежний Гаярин действительно умер. И вдруг ей стало тошно, пусто, точно она в гробу лежит, живым покойником, засыпанным землей.

Порывисто подбежала к нему.

— Ну, скажите, что я клевещу на вас, скажите!.. С чем вы сами пришли ко мне сейчас? Отдать в мягкой форме приказ, чтобы я отказала от дома Ихменьеву? Вы отлично знаете, что он не опасен, что он пострадал из-за самого пустяка, что занимается он не политикой, а своими книжками. Но вы кандидат в губернские сановники! В вашем доме таких господ не должны встречать. Вот что! Вы сами не могли бы выбрать лучшего доказательства того, во что вы обращаетесь теперь!..

— Нина! Я не позволю никому относиться так ко мне и мотивам моего поведения!

— Мотивам! — подхватила она и близко-близко пододвинулась к нему, с лицом, искаженным натиском страстной горечи и негодования.— Так я вам объявляю, что я вижу ваши мотивы насквозь. И презираю их,— слышите? — от глубины души моей презираю! И буду принимать кого мне угодно. Довольно рабствовать перед вашею личностью. Я здесь, в этом доме, такая же хозяйка, как и вы.

— Вы этого не сделаете! — властно выговорил он.

— Вы увидите.

— Тогда я попрошу вас выбрать для этого такие часы, когда ни меня, ни моих гостей не будет. И раз навсегда: если вам угодно, Антонина Сергеевна, подвергать меня моральному допросу, вы будете это делать про себя. Вы остались со старыми идеями во всей их ограниченной нетерпимости. Я живу и умственно расту, и куда я иду, вы могли бы это лучше уразуметь, да недостает, видно, многого в вашей душевной организации.

Облако застлало ей глаза. Она рванулась к нему, подняла обе руки и, с подергиванием в углах рта, кинула ему прямо в лицо:

— Отступник!.. Ренегат!.. Бездушный лицемер!

Александру Ильичу показалось, что она хочет нанести ему более тяжкое оскорбление. Он схватил ее правую руку своею твердою, цепкою рукой, отвел и этим жестом оттолкнул от себя.

— Стыдитесь! Вы с ума сошли; вы недостойны того, чтобы я говорил с вами.

Он круто повернулся и вышел в гостиную, не ускоряя шага. И ему сделалось неловко от мысли, что их сцена на русском языке могла дойти до людей в передней. Стыдно стало и за себя, до боли в висках, как мог он допустить такую дикую выходку? Помириться с нею он не в состоянии. До сих пор он был глава и главой должен остаться. Но простого подчинения мало, надо довести эту женщину, закусившую удила, и до сознания своей громадной вины.

Антонина Сергеевна лежала на постели и сквозь душившие ее слезы повторяла:

— Кончилось, кончилось, все кончилось... Возврата нет!

X

Второй час ночи. На Рыбной улице повевает только метель, поднявшаяся к полуночи. Ни "Ваньки", ни пешехода. В будке давно погас огонь. От дома дворянского клуба, стоящего на площади, в той же стороне, где и окружной суд, проедут изредка сани, везут кого-нибудь домой после пульки в винт. Фонари, керосиновые и довольно редкие, мелькают сквозь снежную крупу, густо посыпающую крыши, дорогу, длинные заборы.

За перегородкой своего будуара, на кровати, но в том же фланелевом капотике, лежала Антонина Сергеевна. На письменном столе горела лампа.

Она лежала так уже больше трех часов.

Душевная острая боль и трепет всего внутреннего существа сменились теперь изумлением. Как могла она, Антонина Сергеевна Гаярина, допустить себя до такой неистовой выходки, чуть не с кулаками броситься на любимого человека, на мужа, оставшегося ей верным? В этом она не сомневалась.

Она, постоянно развивавшая в себе начала терпимости и широкого понимания всего человеческого, даже порока и преступления?.. Ведь если он и не прежний ее Александр, блестящий лицеист, живший одно время в общении с простым народом, опальный помещик, заподозренный, хотя и несправедливо, в замыслах против "существующего порядка вещей", то ведь он не преступник, не пария, не подлая душа! И подсудимым позволяют держать защитительные речи, не кричат на них, не оскорбляют их.

А она! Несколько раз она закрывала руками лицо, охваченная стыдом.

И под этим чувством сидело нечто более глубокое и

властное. Она любила его. В ней не могла сразу умереть ни подруга, молившаяся на него столько лет, ни мать его детей.

Уйти! Жить одной!.. Где, с кем?.. Она ни на минуту не остановилась на этом серьезно, даже в первые полчаса по его уходе, когда ее всю трясло от негодования и страстной потребности обличить его, показать ему, во что он превращается.

Да, она имеет право отстаивать свою личность... Постыдно было бы рабски преклонять перед ним шею, когда он сказал: "Ты такого-то господина не будешь принимать",— или отвечать, как крепостная: "Слушаю, Александр Ильич, как вам угодно".

Постыдно трусить, подделываться под то, что теперь в почете, и отказывать от дому такому безобидному человеку, как этот Ихменьев, хворому, оторванному от всего, чем он жил, щекотливому, как все люди в ненормальных условиях.

Нет, она должна отстоять свои права. Но разве она не могла это сделать иначе? Без крика, без приподнятых кулаков, без громовых приговоров, без оскорбительных обличений?..

Впервые испугалась она своей натуры, не возлюбила женщину в ее способности на преувеличение всего: чувства, идей, требований, подозрений...

Почему она с тех пор, как в муже ее начала происходить его "эволюция",— она знала это слово Александра Ильича,— не предостерегала его исподволь, умно, с тактом, не будила в нем, умело и настойчиво, тех идеалов, которыми он жил несомненно, и не один год, а всю свою молодость? Потому что она платила дань чувственности, мужчина преобладал над нею, боязнь потерять его, лишиться навсегда его ласк удерживала ее.

И теперь тот же инстинкт говорит в ней, и с ним надо бороться, помнить, что время страсти прошло, что у ней седые волосы, что муж только снисходит к ее женской слабости, а любви в нем к женщине уже нет, и не огорчаться этим.

Прежде чем ставить на карту супружескую судьбу свою, вместе с будущностью детей, вот такими взрывами необузданной нервности, надо было больше проникать в душу Александра Ильича, заручиться фактами, стать на его место, убедиться, что в нем действует: пошлое ли честолюбие, суетное стремление к расшитому мундиру или же потребность в деле, во влиянии, хандра, овладевшая человеком сильным, способным на какую угодно видную роль?..

Она должна была сознаться, что никогда не думала в этом именно направлении, а только огорчалась, недоумевала или затаивала в себе наплывы недовольства и недоумения.

В гостиной бронзовые часы на мраморном консоле пробили половину.

Это была половина второго. Антонина Сергеевна приподнялась, спустила ноги, встала и перешла в будуар.

Спать она не могла. В котором бы часу он ни вернулся, она пойдет к нему, и как бы он ни принял ее, она должна ему сказать, что виновата, что ее выходка недостойна ее.

Чем ближе подходила эта минута, тем трепетнее делалось ее желание прильнуть к нему, вызвать в нем чувство понимания того, что подготовило в ней взрыв. Кто знает? Быть может, это заново сблизит их, и он покажет ей опять глубину своей души, и они опять будут как одно существо... Кто знает?..

Звонок в передней заставил ее вздрогнуть,— она ходила взад и вперед,— и оправить свой туалет. Дверь отворили не сразу, должно быть, дежурный человек задремал. Но ее удерживало стыдливое чувство, она не пошла окликнуть его.

Вот его шаги, мягкие, в калошах, и потом в сапогах, по зале, до двери и в коридорчик и кабинет... Он раздевается всегда один, и шаги лакея послышались позднее, когда тот пришел убрать стенную лампу.

И все замолкло. Она не могла дольше ждать и быстрыми, легкими шагами перешла обе большие комнаты.

На пороге его кабинета она остановилась, постучаться не посмела и тихо отворила дверь, думая, что он уже в спальне.

Александр Ильич, совсем еще одетый, стоял у стола и клал на него бумажник. Только одна свеча была зажжена, в широком подсвечнике, под бронзовым щитком. Ковер глушил ее шаги, но он быстро обернулся и даже чуть заметно вздрогнул.

— Это вы?— спросил он спокойно и бесстрастно. Она

подошла к нему, взяла за обе руки, припала головой к его плечу и неудержимо заплакала. Все ее существо отдавалось, против ее воли, этому человеку. Быть брошенной им сейчас было страшнее всего...

— Прости! — прерывающимся воплем вырвалось у нее.

Не отрывая от нее рук, он посадил ее на диван и сам сел.

Ей слышался его ровный голос, слова человека, который не может иначе отнестись к ней, как с чувством недосягаемого превосходства. Она просит пощады, он ее дает, но предваряет ее, что еще такая же "безумная выходка" — и он навсегда оградит свою личность.

Полегоньку она перестала плакать.

— Да,— выговорила она с усилием,— ты меня жалеешь, только, не больше, а я...

Она хотела сказать: "без тебя жить не могу", но не сказала этого; даже удивилась, почему эти слова не вышли наружу.

— Ты меня любишь? Но любовь разная бывает, Нина. Постарайся получше понять твоего мужа и доказывать, что его личность для тебя предмет уважения, а не диких обличений.

Он помолчал и, не переменяя позы, добавил:

— Я повторю то же, что оказал тебе там. Если тебе угодно принимать господ Ихменьевых, пускай они будут твои гости. Даже в эпоху моих крайних увлечений я не очень-то льнул к таким полукомическим мученикам, в которых, правда, мало опасного, да и героического еще меньше... А теперь... пора спать. Поздно...

Она подставила ему свой горячий лоб, и он прикоснулся к нему концом своих усов. Это прикосновение дало ей почувствовать, что ничего не сделано... Душа этого человека не раскрылась перед нею... Ее любовь не согрела его до возможности горячих излияний.

Он великодушно простил ее, как провинившуюся девочку, и только.

— Прощай! — выговорила она подавленным звуком.

В темном коридоре она остановилась и ощупью нашла ступени и дверь в залу; она не хотела возвращаться и беспокоить его просьбой посветить ей.

Она прошла темными большими комнатами на свет от лампы в ее будуаре, и засвежевший воздух старых предводительских хором дал ей физическое ощущение дрожи.

Тут через неделю будут обеды и приемы... Тут же будут пить здоровье нового предводителя и за столом говорить разные нынешние слова, обдающие ее запахом чего-то тупохищного и злорадно-самодовольного. И представителем всех этих воскресших замашек и поползновений будет Александр Ильич Гаярин, первая голова в губернии, которому давно уже простили его крестьянскую рубаху и ремешок вокруг головы и все идеи, прозванные со времен Фамусова "завиральными".

Еле дотащилась она до постели.

XI

— Господин Ихменьев желают вас видеть... прикажете принять?— доложил лакей Антонине Сергеевне в дверях ее будуара.

Она сидела с книгой у окна. Но сумерки совсем уже понадвинулись. Ей хотелось дочитать главу.

— Просите,— сказала она без всякого колебания.

Этого визита она уже несколько дней ждала и знала, что Ихменьев приходит обыкновенно около трех, в тот час, когда Александра Ильича еще нет дома, особенно теперь, во время выборов... Гаярин часто обедал в гостях. У них тоже было уже два званых обеда на одной неделе.

Это имя — "Ихменьев" — значило для нее совсем не то, что десять дней назад. Он был поводом той ужасной сцены... Но Антонина Сергеевна, принимая его, исполнила свой долг перед собственной совестью.

— И подайте лампу,— приказала она лакею, отложила книгу и прошлась взад и вперед по комнате.

С тем, что муж ее готовит себе предводительство, она должна была помириться. Она теперь понимала его игру, все оттенки его ловкого поведения, где он хотел прельстить и ее тактом и выдержкой... Точно будто выборы совсем его лично не касаются, а он принимает в них участие, как первый попавшийся дворянин своей губернии. С нею он ни разу не говорил, с глазу на глаз не будировал ее, не делал никаких многозначительных мин. Но она чувствовала, что между нею и собой он вывел стенку и, быть может, навсегда ушел от нее в свое "я".

— Мое почтение, Антонина Сергеевна,— раздался жидковатый тенор слабогрудого человека.

Ихменьев поклонился ей еще в дверях, длинный, с впалою грудью, в скромной сюртучной паре. Черные, редкие волосы висели у него широкими прядями на висках, маленький нос и близорукие глаза давали его лицу наивное, несколько пугливое выражение, облик был немного калмыцкого типа, с редкою бородкой.

Ей этот тихий труженик мысли пришелся очень по сердцу среди чуждого ей губернского общества. Она его сразу приласкала. В ней, как жене Гаярина, он ожидал встретить мыслящую женщину, очень близкую к его взглядам, судя по тому, как наслышан был о прежнем Александре Ильиче. Но за последний год он увидал, во что превращается Гаярин, и его посещения делались все реже и реже, хотя до разговора об этом у них с Антониной Сергеевной не доходило.

— Очень рада,— встретила она его действительно радостным возгласом и протянула ему руку.

— Я с морозу... Руки у меня холодные, перчаток я не ношу,— выговорил он, не решаясь пожать.

— Ничего, я не боюсь!.. Садитесь... вот сюда...

Тон ее с ним был все такой же, простой и задушевный, даже с каким-то новым оттенком внимания и сочувствия.

Это его очень тронуло и огорчило. Ихменьев пришел объясняться совсем в другом смысле.

— Здоровьицем довольны? — мягко спросил он и тотчас стал гладить ладонями свои колени.

— Я что-то перестала думать о здоровье и с тех пор гораздо бодрее себя чувствую,— ответила она и тихо рассмеялась.

И в этом смехе она сама заметила смущение... Значит, его

присутствие у ней в доме стесняет ее после сцены с мужем... Она хочет настроить себя на независимо дружеский тон, а внутри начинается другой процесс.

Это заставило ее заметнее смутиться. Ей стало больно за себя, оскорбительно.

— Лев Андреич,— возбужденно заговорила она, подавляя свою тревогу,— вы меня забываете... Это не хорошо... Прежде вы захаживали каждую неделю, просвещали меня, приносили хорошие книжки... Может, нездоровилось вам?

— Нет, Антонина Сергеевна, я был здоров, насколько мне полагается.

Он начал щипать бородку и низко наклонил голову.

— Стало быть, совсем не хотелось видеть меня и говорить со мною... Вы знаете, я готова всегда принять самое живое участие...

Фраза показалась ей такою банальной, что она не докончила. Ихменьев сидел все в той же позе и так же усиленно дергал концы своей бородки.

— Верю, верю-с! — наконец вымолвил он, и обе пряди волос спустились ему на худые щеки с подозрительным румянцем.— Но что же делать? Не сами люди иногда виновны в том, что должны разойтись, а время, обстановка, обязательные отношения...

— Вы что же хотите этим сказать? — живо спросила она и покраснела.

— Антонина Сергеевна, позвольте быть совершенно откровенным... Теперь я в вашем доме не ко двору... Супруг ваш уже давно еле удостаивает меня поклона, когда случайно встретится со мной на улице... В городе идет толк, что не дальше как завтрашний день его выберут в губернские предводители... Это, конечно, его дело... Но Александр Ильич изволил не дальше как на той неделе громогласно выразиться насчет нашего брата, что, видите ли, у нас никакой профессиональной честности нет, он так изволил выразиться... Конечно, вы назовете это сплетнями... Но я знаю это от человека, достойного всякой веры... Да и вам теперешнее мировоззрение супруга вашего должно быть известно...

Видимое дело, куда это идет... Зачем же я буду ставить вас в неловкое положение?.. Да и меня-то пощадите... Поддерживать Александра Ильича я не могу, а рисковать услышать от него вот здесь такие сентенции... увольте...

Руки у него вздрагивали и голос прерывался. На лбу выступил пот.

Он не сплетничал, не выдумывал. Муж ее точь-в-точь то же говорил неделю назад при губернаторе.

Ей следовало бы остановить Ихменьева, взять его за руку, показать ему, что она возмущена не менее его, излиться ему, как женщина, страдающая от потери уважения к мужу.

И она промолчала. У ней недоставало слов. Она боялась быть неискренней, лгать и ему, и себе.

На губах уже было восклицание: "Но чем же я виновата?"

И его она не произносила, сидела, как виноватая, с зардевшимся лицом, в приниженной позе... Значит, что-то в ней самой было уже надломлено... Она не нашла в себе смелости выступить явно против своего мужа и настоять на том, чтобы этот честный неудачник ни под каким видом не отдалялся от нее.

— Простите,— говорил Ихменьев все тем же прерывистым голосом.— Не обвиняйте меня! Не называйте это болезненною щепетильностью... Такое время, Антонина Сергеевна; зачем же и вас подводить?.. Вы завтра будете женой официального лица... Но каждый из нас имеет право и даже обязан уклоняться от даровых оскорблений.

И на это она не нашла что сказать. Все, что приходило ей в голову, не разрешило бы ничего и ничему не помогло бы.

— Уж до чего дошло, что на днях один слёток... с парижских бульваров... Самое последнее слово охранительной молодежи... Сынок здешней одной богачки... Ростовщица она заведомая... мадам Лушкина...

"Наша знакомая",— должна бы была сказать Антонина Сергеевна и опять промолчала.

— Так вот этот самый экземпляр губернатору в клубе стал выговаривать: "как, мол, вы, mon général {генерал (фр.).}, допускаете, чтобы этот народ — то есть мы, грешные,— бывал там же, куда и мы ездим?.." Видите, куда пошло? Точно тараканов, извините, хотят истребить, загнать в холодную избу...

Он закашлялся и отер лоб платком...

— Стало быть, Лев Андреич,— чуть слышно сказала она,— вы пришли прощаться со мной?

— Так лучше будет, Антонина Сергеевна.

— Вы и меня,— продолжала она, охваченная тяжелым волнением,— и меня будете считать солидарной со всеми этими...

Слов ей недоставало...

— Зачем же-с?.. Каждому свой крест... Вы мужа любите, детей также... Бороться женщине, в вашем положении, слишком трудно, да и бесплодно...

— Вы это говорите?

— Я-с! Что ж? Я человеком действия никогда не был! Да и здесь-то очутился,— он смешливо тряхнул головой,— знаете, в "Игроках" Гоголя говорит Замухрышкин: "Купец попался по причине своей глупости". Так и ваш покорный слуга.

Он хотел ей позолотить пилюлю, но его прощание с ней значило, что он и ее видит на той же наклонной плоскости, как и ее мужа.

Вдруг между ними оборвался разговор. Как-то неприлично стало расспрашивать про его занятия, про надежду уехать отсюда... Он был сконфужен своим объяснением и опять начал нервно утюжить ладонями колени.

Никогда еще ничего подобного она не испытывала. Горячее слово, смелое душевное движение не являлось. Она пассивно страдала и... только.

— Что ж?— наконец выговорил он и взял шапку с соседнего стула.— Дифференциация происходит теперь и пойдет все гуще забирать. Прогресс-то, Антонина Сергеевна, не прямой линии держится, а спирали, и — мало еще — крутой спирали.

— Да,— со вздохом ответила она и поняла, что в ее "да" было нечто постыдно-подчиненное.

XII

— Анна Денисовна Душкина с сыном,— раздался в дверях доклад лакея.

Ихменьев весь опять съежился и еще ниже опустил голову.

Прежде чем Антонина Сергеевна сказала лакею: "Просите", в гостиной уже раздались грузные шаги и свистящий звук тяжелого шелкового платья.

— Позвольте мне удалиться,— почти шепотом сказал Ихменьев и встал.

Она поглядела на него все еще с покрасневшими щеками и тихо выговорила:

— Пожалейте меня... Я должна принимать таких барынь...

И эти слова отдались у нее внутри чем-то двойственным, тягостным.

— Ах, chère Антонина Сергеевна,— раздался резкий, низкий голос толстой дамы, затянутой в узкий корсаж, в высокой шляпке и боа из песцов. Щеки ее, порозовевшие от морозного воздуха, лоснились, брови были подведены, в ушах блестели два "кабошона", зубы, белые и большие, придавали ее рту, широкому и хищному, неприятный оскал.

В быстром боковом взгляде Ихменьева на эту даму Антонина Сергеевна могла прочесть что-то даже вроде испуга.

За матерью шел сын, такого же сложения, жирный, уже обрюзглый, с женским складом туловища, одетый в обтяжку; белокурая и курчавая голова его сидела на толстой белой шее, точно вставленной в высокий воротник. Он носил шершавые усики и маленькие бакенбарды. На пухлых руках, без перчаток, было множество колец. На вид ему могло быть от двадцати до тридцати лет. Бескровная белизна лица носила в себе что-то тайно-порочное, и глаза, зеленоватые и круглые, дышали особого рода дерзостью.

— А вот и мой Нике... Рекомендую... вы его совсем еще не знаете... Прямо с первого представления "Théâtre libre", где давали и "Власть тьмы"... Bonjour! {Здравствуйте! (фр.).}...

Толстуха пожимала руку хозяйке и шумно усаживалась. На Ихменьева она взглянула вбок и даже не поклонилась ему. Он уже ретировался к двери, держа свою шапку неловким жестом правой руки.

Нике тоже не поклонился ему и только оправил свой узкий пиджак, выставлявший его жирные ляжки.

Для хозяйки минута была самая тягостная. Она не могла представить Ихменьева. Но и удерживать его не решалась. Ее разбирал страх, как бы гостья или ее сын не спросили ее: кто этот странного вида господин и как он попал к ней? Тогда пришлось бы выслушать что-нибудь злобно-пошлое или нахальное или давать объяснения, которые для нее были бы слишком унизительны.

Довольно уже и того, что она должна принимать эту Лушкину, ростовщицу, которой полгубернии должна, известную и в Петербурге, где она дает деньги и под заклад разных "objets d'art" {предметы искусства (фр.).}, а оценщиком ей служит сын.

Давно ли Александр Ильич говорил о ней, как о презренной личности, возмущался тем, что ей повсюду почет и прием, а теперь — она их гостья. И он с ней любезен, потому что она очень влиятельна в губернии; если бы хотела, могла бы кого угодно провести в какую угодно выборную должность... А об этом Никсе муж ее выражался как о "гадине" и подозревал его в несказуемых тайных пороках.

И вот она сама пожимает руку этой ростовщицы, а затем и руку ее сына, господина Андерса. Он был ее сын от первого брака за богатым железнодорожником. Вдовеет она во второй раз. Лушкин — местный домовладелец и помещик — оставил ей в пожизненное пользование несколько имений, два винокуренных завода и подмосковную дачу.

С такими-то средствами она не пренебрегала и мелким ростом, брала, говорят, по пяти процентов в месяц с замотавшихся офицеров и купчиков, с малолетков, и даже через заведомых плутов — своих агентов.

По тону, языку, туалетам и манерам она — настоящая русская барыня дворянского круга. С нею всем ловко, она умеет найти, с кем хотите, подходящий разговор, знает все, что делается в Петербурге, в высших и всяких других сферах, знакома с заграничною жизнью, как никто, живет и в Монте-Карло, и в Биаррице, в Париже, где ее сын наполовину и воспитывался, читает все модное, отличается даже новым вкусом к литературе, не боится говорить про романы и пьесы крайнего натуралистического направления. При этом, когда нужно, льстива на особый манер, терпима к уклонению от седьмой заповеди и в мужчинах, и в женщинах.

— Type d'une proxénète classique! {Тип классической сводницы (фр.).} — определял ее еще недавно Александр Ильич.

Гостья с сыном расположили свои мясистые туловища и начали отдуваться.

— Quelle tête! {Ну и тип! (фр.).} — полугромко выговорил Нике и кивнул матери головой по направлению к двери, куда скрылся Ихменьев.

— Какой-нибудь... просящий,— отозвалась Лушкина и, приблизив свою громадную грудь к хозяйке, добавила: — Вы ведь ангельской доброты... вас всякие народы должны осаждать... и вы никому не можете отказать...

Это было сказано тоном, каким люди трезвые и воздержанные говорят про сластолюбцев.

Но ни мать, ни сын не полюбопытствовали узнать фамилию ушедшего гостя. Лушкина нигде не встречала Ихменьева, а Нике мало знал город.

Антонина Сергеевна уже и этому была рада, но ей приходилось играть роль любезной хозяйки. Она не могла ни миной, ни словом выразить, как визит этой женщины противен ей. У ней уже складывалась, помимо ее воли, особого рода улыбка для приема гостей, и эту улыбку она раз подметила в зеркале, стала попрекать себя за такое игранье комедии и кончила тем, что перестала следить за собой.

Лучше уж носить маску, чем выставлять напоказ свою душу перед такими созданиями, как влиятельная знакомая Александра Ильича.

— От таких господ нынче никуда не спасешься,—

заговорил Нике и повел красными губами чувственного рта.— Je présume, madame, que ce n'est pas un anarchiste {Я надеюсь, сударыня, что он не анархист (фр.).}... Здесь ведь и такие обретаются... Я на днях позволил себе прочесть почтительную мораль нашему старичку простяку за то, что он этих господ слишком распустил. Удовольствие сидеть с таким индивидом в столовой клуба и видеть, как он, pardon, чавкает и в антрактах бросает на вас "des regards scrutateurs corrosifs" {подозрительные и едкие взгляды (фр.).}.

Очень довольный обоими французскими прилагательными, Нике хлопнул себя по ляжке и улыбнулся матери.

Она громко расхохоталась низкими нотами и сейчас же протянула свою, обтянутую длинною перчаткой, руку к коленям Антонины Сергеевны.

— Вы, chère, выше всяких житейских чувств... Вы у нас святая. Но и вам надобно быть немножко построже... Отделять овец от козлищ. Вот, дайте срок. Завтра вы будете уже не Антонина Сергеевна, tout court {просто (фр.).}, а ее превосходительство Антонина Сергеевна Гаярина... Вы знаете... Нике, он у меня на выборах... один из gros bonnets {важных персон (фр.).}, несмотря на молодость лет. Нике предлагал уже прямо поднести вашему мужу шары на тарелке, как это делалось в доброе старое время, когда у всех господ дворян стояли скирды на гумне за несколько лет и хлеб не продавали на корню. Вы на меня смотрите, точно я вам рассказываю un conte à dormir debout {скучный вздор (фр.).}. Ха-ха-ха! Вы, кажется, голубушка моя милая, ни разу не показывались на хорах? Не были ни разу?

— C'est d'un grand tact! {Это очень тактично! (фр.).} — заметил важно и любезно Нике и наклонил голову по адресу хозяйки с жестом пухлой руки, покрытой кольцами.

— О да! Это так! Она у нас себе на уме! Под шумок за всем следит. Вы знаете, добрая моя, je me tue à démontrer {Я уже устала доказывать (фр.).}, что Александр Ильич, хоть он и ума палата, и учен, и энергичен, без такой жены, как вы, не был бы тем, что он есть! N'est-ce pas, petit? {Не правда ли, малыш?

(фр.).} — спросила гостья сына и, не дожидаясь его ответа, опять прикоснулась рукой к плечу хозяйки.

Ту внутренне поводила худо скрываемая гадливость, но она способна была начать кусать себе язык, только бы ей не выдать себя.

Никогда она еще так не раздваивалась. И ее, быть может, впервые посетило такое чувство решимости — уходить в свою раковину, не мирясь ни с чем пошлым и гадким, не открывать своей души, не протестовать, не возмущаться ничем, а ограждать в себе и от мужа то, чего никто не может отнять у нее. Только так она и не задохнется, не разобьет своей души разом, сохранит хоть подобие веры в себя и свои идеалы.

И она вынесла прикосновение жирной руки раздутой ростовщицы и не крикнула им:

"Подите вон от меня!"

XIII

— А! вот и виновник завтрашнего торжества! — вскричала Лушкина и завозилась в кресле всем своим ожиревшим корпусом.— Александр Ильич! Arrivez! Recevez mes félicitations anticipées! {Идите сюда! Примите мои предварительные поздравления! (фр.).}

К матери присоединился и сын. Он шумно встал и, подойдя к Гаярину, начал трясти ему, по-английски, руку.

— Hourrah! Hoch! {Ура! Ура! (фр. и нем.).} — крикнул он.

Александр Ильич остановился около дверей, сдержанная улыбка скользила под усами, глаза с веселою важностью глядели на всех. Взглядов жены своей он не избегал.

— Откуда вы?— спросила Лушкина.— Из какой-нибудь комиссии? Сегодня ведь пауза? Общих выборов нет?

— Где я был? — сказал Гаярин, подавая ей руку и присаживаясь.— У преосвященного.

— Chez monseigneur Léonce? {У его преосвященства Леонтия? (фр.).} — смешливо переспросила гостья.

— Да-с,— ответил полусерьезно Гаярин,— и провел у него очень интересных полчаса. Старика я до сих пор почти не знал. Оригинален и умен, хотя и смотрит мужиком.

Этот визит архиерею не изумлял Антонины Сергеевны. Как же иначе? Ведь он уже считает себя, накануне выборов, губернским сановником. Без визита преосвященному нельзя обойтись, если желаешь полной "реабилитации".

Она этими словами и подумала.

— Bonjour, Nina,— он обернулся в ее сторону,— мы с тобой еще не видались,— и он добавил, обращаясь к гостям: — Целый день, с девяти часов, я все разъезжаю... Не успел даже завернуть в правление.

— Vous lâchez la boutique? {Вы оставляете контору? (фр.).} — спросил Нике.

— Разумеется,— ответила гостья за Гаярина.— Александр Ильич не будет... как это нынче говорят?.. совместителем. Да этого и нельзя на таком посту...

— Pardon,— остановил он ее жестом своей руки,— вы обо мне говорите, как будто я уже ездил в собор присягать.

— Ах, полноте, Александр Ильич, а приняли кандидатуру... Чего же больше? Вас выберут единогласно! В этом сомнения быть не может... Да если б вы упирались, вас насильно надо бы выбрать... Но вы упираться не будете? C'est vieux jeu! {Это устарело! (фр.).} Знаете, как когда-то самые умные политики... Ха-ха!.. Борис Годунов... Василий Шуйский... Всем народом ходили к ним и били челом. Тогда без этого нельзя было... Да и пора нам иметь настоящего предводителя сословия, которое желают поднять! Вы знаете,— повернулась она к Антонине Сергеевне,— вы живете в доме испокон веку предводительском...

— C'est prédestiné!.. {Это предопределено!.. (фр.).} — вырвалось у Никса.

— C'est èa! {Вот именно! (фр.).} — подтвердила мать и громко перевела дух — корсет давил ей грудь и щеки стали иссиня-красные.

Антонина Сергеевна не обронила ни одного звука. Да ей и не нужно было занимать гостей. Они оба — и мать и сын —

взапуски болтали. Не хотела она и делать наблюдения над своим мужем. Разве он не чувствует себя в своей тарелке и в присутствии той самой Лушкиной, которую считал,— наравне с ее сынком,— еще три года тому назад "гадиной"? Она не видит его лица, но слышит голос и может ответить за него, что он настроен превосходно: принимает поздравления, накануне выборов с джентльменскою скромностью делает официальные визиты. Никаких у него нет ни колебаний, ни раздвоений. Он себе верен.

Эта фраза "он себе верен" пришла ей сейчас, и она чуть не засмеялась вслух,— до такой степени слова эти выражали то, что теперь представлял собою Александр Ильич.

О чем-то еще шел шумный разговор, с возгласами Никса, вставлявшего свои бульварные словечки, и удушливою переборкой дыхания его матери. Но о чем они говорили — она не слыхала.

— Nina! — вывел ее из полузабытья гибкий голос мужа.

Гостья уже поднялась и протягивала ей руку. Муж глядел на нее недоумевающе-холодными глазами. Ей стало стыдно, и она что-то пробормотала на прощание и матери, и сыну.

Но провожать их не пошла. Александр Ильич, с особенно изысканными интонациями, говорил гостье, проходя с ней по гостиной, какие-то любезности.

К жене Гаярин не вернулся. Он прошел к себе в кабинет. Ему надо было наскоро переодеться. Усталости он не чувствовал, хотя целый день был на ногах и даже забыл о завтраке.

В клубе давали ему обед — он знал, с какою целью. Устроителями обеда были трое уездных предводителей. И это придавало особенно лестный характер этому банкету. Значит, естественные кандидаты на место губернского предводителя не считали себя настолько достойными занимать эту должность, насколько был достоин он.

И каждый из них отлично знает, что Александр Ильич Гаярин не пускал в ход ни малейшей интриги. Его приглашают, о нем все говорят, как об "единственном" человеке в губернии, способном "держать высоко знамя". В него все верят и никто не позволяет себе самого невинного намека на его недавнее прошлое, не то что в глаза, но, вероятно, и за глаза.

Перед зеркалом, надевая на себя белый галстук, Александр Ильич обдумывал остов своего спича. К нему, конечно, будет обращена речь одного из хозяев обеда. Что бы ни сказали ему, ответ должен быть в общих чертах готов. До сих пор он только на земских съездах имел случай говорить. Его всегда слушали с большим вниманием, и он обладал несомненною способностью к импровизации. Но на экспромты он смотрел как на игру, на взбивание пены. Он гораздо выше ставил красноречие с серьезною подготовкой, постройку стройных периодов, полных фактических данных.

В последние два года, сидя в правлении промышленного общества, он не мог дать ход своему ораторскому дарованию. Цифры, балансы, конторская корреспонденция, изредка деловой спор, и только. Все это было решительно ниже того, к чему он считал себя призванным,— к крупной общественной роли.

Туалет был окончен. Пора и ехать. Заставлять себя дожидаться считал он величайшей непорядочностью. Заходить к Антонине Сергеевне незачем. Обедал ли у ней кто-нибудь — он не знал. О том, что он приглашен сегодня, ей известно.

Но он все-таки повернул из дверки коридорчика не направо, к передней, а налево.

Пускай она увидит его в параде. Уехать не простившись — это как бы избегать ее нравственного контроля над собой или признавать его, делать что-нибудь исподтишка.

Этого он не хотел. Пускай она привыкает к тому, что законно и естественно происходит в ее муже.

— Нина! ты здесь? — окликнул он ее посредине гостиной.

— Я здесь,— ответила она от своего письменного стола.

— Я еду на обед. И боюсь опоздать... Ты никого не ждешь к себе?

— Никого.

По звуку ее голоса он ничего не мог распознать, тревожна она или спокойна.

Да и пора бросить это постоянное распознавание душевных настроений Антонины Сергеевны.

Он дошел до дверей ее будуара. Антонина Сергеевна писала письмо.

"Вечные излияния в письмах,— подумал он.— Нет никакой нормальной программы жизни".

Александр Ильич должен был бы прибавить: "Нет детей, и в этом виноват я",— но этой прибавки он не сделал.

— Прощай, мой друг,— сказал он, смягчая свой голос, и подошел к столу.— Обед затянется.

— Его дают тебе?— спросила она глухо, но довольно спокойно.

Он ничего не ответил и поцеловал ее в лоб.

И когда его шаги затихли, Антонина Сергеевна приложила ладонь руки ко лбу и подумала с упреком себе:

"Зачем я его спросила насчет обеда? Как это не умно и мелко?"

Она тут же дала себе слово отныне не делать никаких замечаний вслух, уйти в себя, а наружно исполнять все, что будет от нее требовать новое общественное положение Александра Ильича.

По крайней мере, она сохранит незапятнанной свою "святая святых". И тогда только выступит из этой пассивной роли, когда личность мужа совсем погибнет, на ее оценку.

Она продолжала письмо к своей матери в Петербург, где в объективном тоне рассказывала про успехи Александра Ильича. Она знала, что ее матери все это было чрезвычайно приятно... Прежний Гаярин скрылся навсегда, для тщеславной и набитой сословностью жизни.

XIV

Лихач Ефим Иваныч только что отвез седока из дворянского собрания и вернулся на свою биржу покормить лошадь. Сегодня езды было порядочно, даже его бурый упрел немножко.

И опять притащился тот Ванька, что с неделю перед тем стоял тут и вступил в разговор насчет Александра Ильича Гаярина.

На этот раз сам Ефим Иваныч окликнул его.

— Ты, паря,— полунасмешливо обратился к нему,— барин-то,— и он показал кнутом на розовый дом.— Александр-то Ильич... Гаярин...

— Нешто?— отозвался мужичок.

— В предводители седни выбрали... в губернские... Чуешь?

— Так, так.

— Сейчас расходиться начало... собрание-то. Мне барин один сказывал... отвозил я его в гостиницу.

— В гору, значит, пошел?

— Надо полагать.

Больше Ефим Иванович ничего не сказал, а воззрился вдоль улицы и стал распознавать, чьи господские сани едут по направлению к перекрестку, тоже от собрания.

— Лушкиной сынок катит,— выговорил он.— Эк жиру-то нагулял! В мать!

Это был действительно Нике. Он полетел поздравить Антонину Сергеевну с избранием Александра Ильича.

Мать его осталась еще на хорах, где собралось давно небывалое количество дам. Все удивлялись тому, что не было Гаяриной. В городе знали про ее "красные" идеи, не прощали ей домоседства, малого желания принимать у себя, считали странной и надутой, жалели, что у такого блестящего мужчины, как Александр Ильич, такая поблекшая и неэффектная жена.

Нике сильно позвонил, не спросил у лакея, принимает ли Антонина Сергеевна, дал стащить с себя узкое, на пуху, пальто и без доклада пробежал залу и гостиную. Его заграничная обувь издавала скрип.

— Chère madame! — крикнул он в гостиной.— Je vous félicite! Pardon {Сударыня! Поздравляю вас! Извините... (фр.).}, что так вламываюсь к вам, но я хотел первым принести вам радостную весть!

Антонина Сергеевна лежала на кушетке. С утра она страдала припадками невралгии, но с этими приступами своей обычной болезни она давно помирилась, не сказывалась из-за них больной и в постель никогда не ложилась.

На хоры она не ездила с самого начала выборов, и Александр Ильич ни разу не спросил ее, отправляясь поутру из дому, думает ли она побывать в собрании.

Невралгия давала ей законный повод не выходить из спальни именно сегодня, но она не сделала этого нарочно.

Появление нестерпимо противного ей сына Лушкиной было началом сегодняшних испытаний. Она поздоровалась с ним любезно, с раз навсегда установленною улыбкой, даже извинилась, что принимает полулежа.

— Ваша невралгия должна пройти! — вскричал он, рассаживаясь около нее.— Ей наши дамы не поверят. Некоторые находят, что вы должны бы участвовать в торжестве вашего мужа, там, наверху... Но мы с maman нашли ваше поведение как нельзя более тонким... Вы — большой дипломат, Антонина Сергеевна!

Жирный смех заколыхал его женоподобное пухлое тело, затянутое в дворянский мундир. Шитый золотом красный воротник подпирал его двойной подбородок. Мундир был застегнут.

— Вы видите, я устремился к вам в полной парадной форме. Александра Ильича еще не скоро выпустят... Сегодня мы с maman у вас обедаем. Вы этого не знаете? Ха-ха-ха! Vous serez complimentée par toute une dépuration! {Вас придет поздравлять целая депутация! (фр.).}

Голова у ней все сильнее разбаливалась, но она продолжала принимать гостей, перешла из будуара в гостиную и села на диван, говорила очень мало, всем улыбалась. Перед ней мелькали женские и мужские лица, некоторые мужчины подходили к руке, приехал и старичок губернатор, и до шести часов в гостиной гудел разговор, кажется, подавали чай. Чувствовалось большое возбуждение... Незадолго до обеда явился Александр Ильич, тоже в мундире... Она помнит, как в тумане, что он ее поцеловал, пожал руку и сказал:

— Merci, chérie! {Спасибо, милая! (фр.).}

За что он ее благодарил — она не знала. Лицо у него было бледное, благодушно-приветливое, и глаза блестели.

Потом был обед человек на двадцать... Половину мужчин она видела в первый раз... Кажется, это были все уездные предводители... Губернатор тоже остался обедать, сидел рядом с ней, посредине стола, против Александра Ильича.

Много тостов выслушала она... Ее здоровье пили несколько раз... Говорили и застольные речи. Какой-то уездный предводитель запутался и никак не мог найти подходящего выражения, краснел, отдувался, расплескал вино... И хозяину пришлось отвечать настоящим спичем на английский манер.

Слушала она его, точно совсем чужого, даже голос казался ей странным, и никак не могла схватить ни одной определенной мысли. Все ускользало от нее, расплывалось. Какое-то актерство в манере говорить и выражении лица подмечала она, однако, когда ее взгляд доходил до него через стол.

Благодаря головной боли, не позволявшей ей ни во что хорошенько вслушиваться и к чему-либо присматриваться, она не испытывала никаких новых неприятных ощущений. Но к десерту ей стало так плохо, что сидевший рядом с нею губернатор спросил ее:

— Антонина Сергеевна, что с вами? Вы перемогаетесь... Пошли бы вы отдохнуть.

В его добрых глазах она могла бы прочесть сожаление о женской слабой натуре, не совладевшей с радостным волнением. И он верил в то, что она сердцем сливается с мужем в одном чувстве успеха и всеобщего признания его достоинств.

Но будь она и совсем здорова, сиди он у ней один и выскажись в таком именно смысле, она не стала бы разубеждать его.

Наконец, и муж заметил ее мертвенную бледность и растерянный вид и через стол тихо спросил ее:

— Tu te sens mal, Nina? {Ты плохо себя чувствуешь, Нина? (фр.).}

Она покачала головой и готова была сидеть, но губернатор привстал и, обратившись к хозяину, сказал:

— Вы позволите?

За ним поднялись и все остальные.

Она совсем уже не помнила, как очутилась, одетая, за перегородкой, на постели. Никогда с ней не бывало обмороков, даже от сильнейших головных болей.

Невралгия начала ослабевать, перешла из брови и правого глаза к затылку. Но у ней все вылетело из головы: визиты, поздравления, спичи. Только минут через десять она вспомнила, что Александр Ильич — губернский предводитель.

Дверь в ее будуар затворили, но до слуха ее доносились мужские голоса... Должно быть, играют в зале, на нескольких столах. Помещичья жизнь начиналась... Так будет теперь каждый день. Дом у них должен быть "открытый".

Из дверки, выходившей в коридор, показалась ее горничная. В полутемноте она не сразу узнала ее.

— Это вы, Маша?

— Я-с. Вам не угодно раздеться, барыня?

Она ее называла прежде "Антонина Сергеевна", а потом "барыня". Почему же не "ваше превосходительство"? Вероятно, лакеи уже так говорят ее мужу.

— Нет, Маша,— слабым голосом ответила она,— я так полежу. Который час?

— Скоро десять.

— Я позвоню... Ступайте!

Она лежала одна, и это одиночество не пугало ее. С ним надо помириться на всю жизнь. Детей ей не возвратят... Когда они кончат курс, она не найдет в них того, о чем мечтала... Во всем городе у ней нет ни одной приятельницы, и в доме она теперь будет добровольной изгнанницей.

Дверь из гостиной позади портьеры тихо отворилась.

Антонина Сергеевна узнала шаги мужа и тотчас же закрыла глаза.

— Как ты себя чувствуешь?— спросил он, подходя на цыпочках к кровати.— Не послать ли за доктором?

— Мне лучше... Не беспокойся.

Он нагнулся над нею и поцеловал ее в лоб.

— Бедная,— снисходительно выговорил он,— ты не привыкла к таким шумным приемам.

— Привыкну,— прошептала она и опять закрыла глаза.

В этом слове "привыкну" он не почувствовал иронии. Ему хотелось верить, что в его жене, после недавней бурной сцены, произошла благодатная реакция.

"Она умна,— думал он,— и должна была кончить этим".

— Тебя гости не беспокоят... из залы?

— Нисколько.

— Засиживаться они не будут.

— Пускай играют,— выговорила она таким тоном, что Александр Ильич вышел совершенно довольный ею.

XV

Поезд подходил к Петербургу. В отделении вагона первого класса Антонина Сергеевна ехала одна. Муж ее любил вагоны с креслами. Она проснулась еще до света. И мысль о скором свидании с детьми заставила ее подняться с трипового дивана.

Еще каких-нибудь два-три часа — и она увидит на вокзале Сережу. Он уже большой мальчик, носит треугольную шляпу. Лили не пустят... У них теперь поветрие "свинки" — неизбежная институтская болезнь. Она недавно только оправилась.

Но отчего же в ней нет захватывающей радости?.. Скорее тревога, точно она ждет какой-нибудь беды. Эта поездка случилась ведь гораздо раньше, чем она рассчитывала в начале зимы.

Да; но так понадобилось Александру Ильичу. Он, по утверждении в должности,— ей известно, как он трусил, что его не утвердят,— на радостях решил тотчас же ехать "представляться".

Ей он предложил сопровождать его, повидаться с детьми, с матерью, сестрой, кузиной. В доме кузины, княгини

Мухояровой, они и остановятся. Нашлась целая квартира с мебелью, над бельэтажем.

Этой поездке она очень обрадовалась; а теперь вот сидит в полутьме зимнего хмурого рассвета, тревожная и недоумевающая. Она видит вперед, с какими людьми, в каких разговорах она проведет целый месяц. И в кузине она не найдет уже прежней своей Жени, с которой переписывалась годами,— чуткой, способной сочувствовать всем ее заветным идеям и стремлениям. Главный нерв ее души точно оборвался. Все идет мимо ее воли, и она ничего не может ни остановить, ни изменить. Тот человек, кому она отдала всю себя, потому что уверовала в него и через него поняла смысл жизни, "едет в другом вагоне". Это сравнение пришло ей еще вчера, когда она очутилась одна в своем отделении и заперла изнутри дверку. Один поезд мчит их, но едет он, а она только при нем, как какой-то ненужный придаток...

Когда свету прибавилось, она занялась своим туалетом: поправила прическу, освежила голову одеколоном, уложила опять свои вещи в дорожный мешок и сидела у полузаиндевелого окна.

К ней постучались на станции, где последний буфет. Лакей-татарин ей принес чаю,— прислал его Александр Ильич.

Муж перед отъездом был к ней особенно внимателен, с каким-то новым оттенком уклончивой снисходительности, точно он хочет показать ей, что считает ее достойною сожаления истеричною женщиной, с которою он не может уже ставить себя на одну доску.

Вот и Петербург. Поезд замедлил ход, вошел под навес... В вагон ворвались несколько артельщиков.

На платформе ее обняла кузина.

— Жени!.. Милая!..

Жени, в бархатной шубке, с накладкой завитых волос, в открытой шляпе; на вид еще очень молодая, с запахом пудры. Но, обнимая ее, Антонина Сергеевна не чувствовала своей прежней кузины.

Сережа, в шинели с бобрами и треугольной шляпе,

бросился сначала к отцу. У нее он поцеловал руку и все тыкал ее своей треуголкой.

Ни мать, ни сестра не выехали ее встретить.

— Grand-maman,— говорил ей Сережа,— не совсем здорова... Tante Lydie {Бабушка... Тетя Лидия... (фр.).} хотела быть.

Сережа стал похож на отца, волосы его темнели, он смотрел почти юношей; голос у него срывался с низких нот на высокие.

— Как же мы едем? — спросил Александр Ильич, свежий и нарядный в своей ильковой шубе и бобровой шапке.

— Папа, я с тобой! — запросился Сережа.— Мы в парных санях.

Он опять поцеловал руку у матери жестом молодого человека и побежал за отцом. Ее пронизала мысль: "моего в нем ничего нет". И вся жизненная дорога этого мальчика была перед ней как на ладони. Но он прямо начнет с того, чем отец его кончает.

— Как я рада тебя видеть, Нина... Ты утомилась?

Возбужденный голос кузины раздался внутри кареты. Они держали друг друга за руку... Княгиня Мухоярова улыбалась ей. Эта улыбка что-то не согревала ее. Ей бы надо было прильнуть к кузине, но она не могла.

Плакать... изливаться.. В чем? Новый, еще никогда ею не испытанный стыд удерживал ее.

— Как я рада,— продолжала говорить княгиня своим тонким, немного простуженным голосом,— как я рада, что вы будете жить у нас! Муж твой — великолепен! Как он еще хорош!.. И какая представительность! Конечно, ему надо было в предводители!

— Ты думаешь?— спросила Антонина Сергеевна и поглядела на кузину.

— Разумеется, милая. Так мало людей с желанием служить обществу... Это надо ценить... Все только кидаются в дела... Вот и мой муж... Никакой роли, никакого высшего честолюбия. Деньги и деньги, биржа, расширение оборотов... Но для этого довольно и купцов, разных спекулянтов, жидов!..

Ах, Нина,— княгиня сентиментально вздохнула,— on finit toujours par un grand vide. Во мне ты найдешь теперь... как это сказать... une crise, vrai!.. {все кончается всегда суетой сует ...кризис, правда!.. (фр.).}

Она уже знала, что кузина с некоторых пор изучает какие-то "теофизические" науки, но в своих письмах избегала вдаваться в это, спрашивать ее подробно, что это за науки.

— Une crise?— переспросила она по-французски и поглядела опять на пополневшее и слегка напудренное лицо кузины.

"Неужели и я ударюсь во что-нибудь? — подумала она вслед за тем,— в редстокизм, в буддизм или в столоверчение?"

— Ты еще должна быть счастлива!.. У тебя муж — крупная личность. И мне кажется, Нина, ты к нему начинаешь относиться... слишком односторонне.

— Может быть,— кротко выговорила Антонина Сергеевна.

— Ты как была восторженною девушкой двадцать лет назад, так и осталась.

— Simpliste? — повторила Гаярина.— Проста? — перевела она по-русски.

— Нет, не проста. Но... как это нынче пишут?.. прямолинейна! Voilà le mot! {Вот слово! (фр.).}

Привычка пересыпать русскую речь французскими фразами и прежде водилась за ее кузиной, но теперь это резче бросалось и придавало разговору неприятный ей, суетный оттенок.

— И, наконец, Нина, милая, когда уйдешь душой в такие сферы, откуда все кажется ничтожным и тленным, нельзя никого винить в известных превращениях...

После маленькой паузы княгиня ниже наклонилась к ней и спросила:

— Ты разве не допускаешь возможности перехода существ? Одною жизнью еще не кончается бытие.

"Что это такое? — спросила про себя Гаярина,— шутовство или блажь?"

— Тебе кажется диким, что я говорю?.. Ах, Нина, нельзя

быть довольной обыкновенными объяснениями жизни... всего... Ты понимаешь?.. Только ты не подумай, что я хочу тебе что-нибудь навязывать. Я не изуверка!.. Я ищу просвета!.. L'au-delà! {}Потусторонние миры! (фр.).

Княгиня полузакрыла глаза, привлекла к себе Гаярину и поцеловала ее.

В этой ласке опять сказалась ее мягкая натура, но весь ее тон был уже таков, что Антонина Сергеевна не могла заговорить с ней, как с испытанным другом.

— Ты очень обсиделась,— продолжала кузина,— там, в твоем губернском городе. У меня теперь бывает много народу, гораздо больше, чем прежде... Я ведь вроде тебя, была simpliste, нетерпима. А теперь... все это — вопросы направления, цвета не важны... в моих глазах. Везде, и за границей, в Англии, во Франции, мы видим, что общество ищет совсем другого.

— L'au-delà?— спросила Антонина Сергеевна.

— Нина, милая! Нельзя быть без просвета. Надо верить в чудо вселенной. Особенно в наши лета, когда молодость прошла! Il faut la grande synthèse!.. {Нужен великий синтез!.. (фр.).}

Княгиня не договорила, еще раз обняла Гаярину и поглядела в окно.

— Твоя maman... немножко простудилась. Она боится инфлуэнцы... Хочешь к ней заехать сейчас или ты переменишь туалет и немного отдохнешь? Maman очень обрадована! Все повторяет, что ее beau-fils a trouvé son chemin de Damas {зять нашел свое истинное призвание! (фр.).}. Ты уж ей не противоречь.

— Я никому не противоречу! — сказала Антонина Сергеевна и прибавила: — К maman я поеду перед обедом. Она ведь любит, чтобы я была всегда в туалете... И для нее теперь слишком рано.

Карета, остановившись, прервала их разговор. Швейцар уже высадил Александра Ильича и Сережу.

XVI

В парных санях отец и сын, когда ехали от вокзала, поглядывали один на другого. Они друг другу нравились. Александр Ильич видел, как Сережа делается все похожее на него. Тот, за один год, сильно возмужал. Треуголка сидит на нем молодцевато, надетая немного вбок. Бобровый воротник офицерской шинели покрывает ему наполовину розовые уши, на виски начесаны темно-каштановые волосы.

Таким был и он, в его лета, так же набок надевал треуголку и укутывался в шинель с бобровым воротником движением правой руки. Но тогда он уже начал читать разные "неподходящие книжки". Или, быть может, годом раньше. На некоторых из его класса, в том числе на него, нашло точно какое-то поветрие. Из фанфаронства,— так он объясняет это теперь,— стали они щеголять друг перед дружкой, добывать запрещенные издания, вести между собой тайные беседы, кичиться своими "идеями". Только держались они прилично, даже франтовато, не считали нужным выказывать свое "направление" в неряшливости, запущенных волосах и грязных ногтях.

Он зарвался больше всех остальных. С тех это очень скоро соскочило, и все почти сделали карьеру. Только он один очутился у себя в деревне с запрещением выезжать из нее.

Сережа не тем смотрит. Учится он не очень блестяще, но идет не из последних; зато здоров, отлично ездит верхом, мило танцует, французский и английский акцент у него безукоризненный,— обещает быть вполне уравновешенным юношей.

— Ты надолго, папа? — спросил он отца, повернув к нему свое красивое лицо с большими, более плутоватыми, чем добрыми, глазами.

— Недели три-четыре поживу,— ласково ответил Гаярин.

— Ты ведь утвержден в предводителях?

— Как же, мой друг!

— Ну, то-то!

Это восклицание Сережи вырвалось у него особенным звуком, и он слегка повел плечом.

— А что? — спросил отец, заинтересованный.

— C'est que, vois-tu... {Видишь ли... (фр.).}

Сережа заговорил по-французски и потише. Но его что-то затрудняло.

Александр Ильич это сейчас же понял. Он заметил сыну, в тоне сентенции, что с ним он должен всегда и во всем быть откровенным.

Сережа, по-французски же, сообщил ему, что у них в классе уже давно ходили разные толки,— он даже одного своего товарища проучил,— будто Александр Ильич "неблагонамеренный",— он так и выразился этим русским словом,— и был когда-то лишен всяких прав, как заговорщик. Сережа употреблял слово "conspirateur", а теперь, когда он всем стал рассказывать, что отца выбрали единогласно в предводители, то Поль Кучкин громко крикнул: "никогда его не утвердят!" — и это так возмутило Сережу, что он хотел дать Полю Кучкину пощечину.

— Ce serait une violence inutile! {Это была бы ненужная грубость! (фр.).} — остановил его Александр Ильич, но ему этот порыв сына пришелся очень по душе.

Мальчик будет с чувством достоинства, сумеет отстаивать свои права и окажется устойчивым в борьбе за жизнь. И в то же время ему стало жутко от рассказа сына. Вот чему он подвергает Сережу в стенах заведения, где завязываются связи, где один какой-нибудь нелепый слух, разошедшийся между товарищами, может повредить всей карьере молодого человека.

Этот инцидент не мешает при случае рассказать Антонине Сергеевне.

— Так тебя утвердили?— произнес Сережа, уже по-русски, радостными глазами взглянув на отца, и закутался плотнее в шинели.

Александр Ильич не был в Петербурге около двух лет. Он смотрел на длинную ширь Невского, на два ряда все тех же домов и чувствовал, что у него нет внутри прежних протестов, в голове готовых восклицаний! Он уже не повторял, как бывало прежде:

"Какая казенщина! Нет ни оригинальности, ни климата, ни красоты, ни оживления!"

Не цитировал он вслух и стихи Пушкина:

Скука, холод и гранит!

Напротив, город казался ему чрезвычайно бойким, с достаточною долей европеизма: его наполняло особое, неизведанное им ощущение какой-то связи с тем, что составляет нерв Петербурга. Въезжал он в него не фрондирующим, полуопальным помещиком, а особой, представителем сословия целой губернии, человеком, в душе которого перегорело все ненужное, глупо тревожное, всякий нечистоплотный и вредный задор.

Тогда он изводил себя на бесплодное умничанье. Что ж? Тот лицеистик, который назвал его в лицо сыну "заговорщиком", un conspirateur — прав. Но каким он был, в сущности, заговорщиком? Самым жалким! Ведь он просидел в деревне более десятка лет в унизительной роли, которая одной восторженной Антонине Сергеевне представлялась мученичеством. И не возьмись он за ум, до сих пор тянулось бы нелепое прозябание в усадьбе, когда каждая жилка в нем трепещет потребностью быть на виду.

— Вот мы и дома! — крикнул Сережа и распахнул полость саней.

Две кареты с дамами и багажом отстали от них.

Дом стоял на набережной, трехэтажный, барский, с монументальным подъездом. Швейцар высадил их, в ливрее, бритый, с брюшком, очень важный. Но и он, снимая картуз перед Гаяриным, на особый лад осклабился и выговорил отчетливо и вкусно:

— С приездом имею честь поздравить, ваше превосходительство!

Слова "ваше превосходительство" схватил Сережа и покраснел от удовольствия.

Да, он будет теперь сыном особы четвертого класса и надписывать на своих письмах отцу и матери: "его или ее превосходительству".

— Во второй этаж пожалуйте,— доложил швейцар, пошел вперед и позвонил у квартиры, приходившейся над помещением их кузины.

Эту квартиру занимал семейный иностранец из посольских, он должен был внезапно уехать за границу и отдавал ее с мебелью и посудой за четыреста рублей в месяц.

Цену Александр Ильич счел умеренной и, начиная с передней, где их встретил лакей в белом галстуке, из немцев, оставленный при квартире, он нашел все чрезвычайно красиво отделанным и удобным.

Сережа уже знаком был с квартирой и повторял:

— Здесь отлично! Ты будешь доволен, папа.

Повар и вторая горничная были уже наняты княгиней Мухояровой.

Кабинет смотрел комнатой, откуда только что вышел хозяин, и показался Александру Ильичу изящнее, светлее и уютнее его кабинета там, на Рыбной улице, да и вообще вся квартира, хотя она и была гораздо меньше.

Никогда он не испытывал такого приятного возбуждения, как теперь, в этот приезд, и боялся одного, как бы Антонина Сергеевна не испортила ему расположения духа видом мученицы, которую привезли на целый ряд терзаний.

— Поди, встреть maman,— сказал он Сереже.— Карета должна уже приехать. Помоги ей разобраться в вещах...

Сережа выбежал из кабинета; Александр Ильич сел на широкий низкий диван, вытянул ноги, сладко зевнул и закрыл глаза.

Почти двадцать лет жизни потерял он из-за сумасбродного задора, и надо их наверстать в два-три года.

Ему пошел сороковой год... Но какой это возраст для человека, так прекрасно сохранившегося? На вид он в полном смысле молодой мужчина.

И невольно мысль его перебежала к жене.

"Она уже старенькая",— мягко выразился он про себя.

Это сравнение наполнило его, не в первый раз, чувством своего нравственного превосходства над всеми знакомыми мужчинами. Все обманывают жен, держат любовниц или поступают еще грязнее... А он — нет. К жене он чувствует только жалость и разумное расположение, как к матери его детей и женщине, по-своему преданной ему.

Долго ли он удержится в таком целомудренном направлении? Ему хотелось бы пройти через новые соблазны незапятнанным. Удастся ли это? Лучше сказать "прости" не заснувшим еще потребностям в женской ласке и красоте, чем подать повод к законным обвинениям в обмане и распутстве!..

XVII

— Генеральша в угловой,— доложил Антонине Сергеевне выездной в ливрее, с жилетом желтыми и черными полосами и в гороховых штиблетах.

Опять, попадая в дом своей матери, она испытывает то же стеснение, точно она в чем-нибудь провинилась, ждет выговора и наказания. До сих пор, по прошествии почти двадцати лет, при встречах с матерью она чувствует в себе непокорную дочь, увлекшуюся "Бог знает какими идеями", против воли влюбившуюся в "мальчишку-нигилиста", какого-то полуссыльного, продолжавшего и после того, как был наказан, "отвратительно" вести себя.

Она знала, что Елена Павловна Бекасова — женщина без характера, вся сотканная из противоречий и минутных настроений, слишком поглощенная заботами о туалете, барыня с болезнью надвигающейся старости, суетными волнениями вдовы сановника, с постоянным страхом, как бы ее не забыли и не обошли. Но в ней жило неумирающее сословное и служилое тщеславие и составляло ее единственную религию. Ни одним своим предрассудком не поступалась она и ни одною претензией. И перед этим-то свойством Антонина Сергеевна ощущала жуткую неловкость, как и двадцать лет тому назад, когда "maman" делала ей ежедневные замечания насчет тона, турнюры, прически, манеры ходить и держаться в обществе.

Вот и сейчас ее тянуло к дочери, в институт, но она поехала сначала сюда, боясь того, как бы мать не обиделась, узнав, что не к ней был ее первый визит.

Целый ряд все тех же темноватых и узковатых высоких комнат открывался перед нею,— комнат, заставленных множеством ненужных вещей. И отовсюду смотрело что-то молодящееся и немножко старомодное, напоминавшее то время, когда Елена Павловна пленяла в этих комнатах своих "habitués" {завсегдатаев (фр.).}, тянулась в рюмочку, пела романс "Il baccio" {"Поцелуй" (ит.).} и пускала в ход интонации деланной наивности, вместе с ахами от пения Тамберлика и игры Бертона - отца, тогдашнего первого сюжета Михайловского театра. Ни одного сердечного воспоминания не будил этот дом-особняк в душе Антонины Сергеевны. И личность отца не оставила в ней ничего, кроме суховатой, чопорной отеческой манеры обращения с дочерьми. Мать, как овдовела, разливалась и в разговорах, и в письмах о высоких качествах покойного; но это сводилось больше к "министерской" пенсии, которую ей выхлопотали, и к званию особы "второго класса". В своей матери Антонина Сергеевна видела часто и что-то детски-суетное, неисправимую бессознательную рисовку, иногда страдала за нее, иногда, про себя, улыбалась, но не могла ей серьезно противоречить, даже в письмах, взять тон женщины с твердыми правилами и определенными идеалами, боялась вызвать в матери раздражение или обидчивость.

Выездной пошел вперед и в портьере доложил:

— Антонина Сергеевна приехали, ваше высокопревосходительство.

Елена Павловна сидела под балдахином из китайской материи, с огромным японским веером, развернутым под углом на широком диване, вроде кровати, где в изголовье валялось множество подушечек и подушек, шитых золотом, шелком, канаусовых и атласных, расписанных цветами, по моде последних трех-четырех зим.

— Nina! Mon enfant! {Нина! Дитя мое! (фр.).} Тебя ли я вижу?

Она встала и медленно приближалась к дочери, с протянутыми руками, видного роста, в корсете под шелковым капотом с треном, в белой кружевной косынке, покрывавшей и голову. На лицо падала тень, и она смотрела моложаво, с чуть заметными морщинами, со слоем желтой пудры; глаза, узкие и близорукие, приобрели привычку мигать и щуриться; на лбу лежали кудерьки напудренных волос; зубы она сохранила и щеголяла ими, а всего больше руками замечательной тонкости и белизны, с дюжиной колец на каждой кисти.

На аршине расстояния от матери Антонина Сергеевна почуяла ее духи, отзывающиеся пятидесятыми годами,— пачули, от которых ей бывало слегка тошно.

Они обнялись. Елена Павловна поцеловала ее два раза, в щеку и в лоб, и придержала за талию.

— Совсем расклеилась,— говорила она высоким, немного шепелявым голосом.— Вот три дня, как сижу взаперти... Какое-то поветрие... Страшная боль в затылке... Не могу закинуть головы назад... Поди, поди сюда, садись вот рядом. Как я рада!

Дочь заслышала в ее тоне больше ласки. Это относилось не к ней, а к Александру Ильичу, к его превосходительству.

— На вид ты молодцом,— выговорила Антонина Сергеевна, взглянув еще раз на мать.

Она ей говорила "ты", и матери нравилось это местоимение, оно ее молодило, да она и в самом деле смотрела старшею сестрою Антонины Сергеевны.

— Как ты худа!— со вздохом выговорила Елена Павловна, оглядывая дочь.— И седых волос сколько! Зачем ты это допускаешь?

— Что?— рассеянно спросила дочь.

— Это небрежность!

Опять ей делали выговор за "manque de tenue" {неумение держаться (фр.).}.

— Надо следить! Нынче есть прекрасные косметики... Allen или Melanogène... А лучше всего пудрить... К тебе пойдет... Cela repose le teint {Это улучшает цвет лица (фр.).}.

И туалетом своей дочери Елена Павловна не осталась вполне довольна, нашла, что дочь одевается слишком траурно.

— Кто тебе делал это платье?

— Шумская.

— Какая Шумская?

— Известная... в Москве.

— Est-ce qu'on s'habille à Moscou? {Разве в Москве одеваются? (фр.).}

Елена Павловна сделала гримасу и продолжала оглядывать туалет дочери.

— Нынче уже нет гладких рукавов... На плечах надо буфы... И талия слишком длинна... И складки... Montre-moi... Сзади уже совсем не так... Надо веером... tu comprends?.. {Покажи мне... понимаешь? (фр.).} веером, в несколько складок, чтобы они лежали плотно и только к самому низу расходились бы...

Антонина Сергеевна молчала. Она опять сознавала себя девочкой, которой читают нотации по части туалета.

— А твой муж? — спросила Елена Павловна.

Она в разговоре должна была беспрестанно перескакивать с предмета на предмет. Иногда это у ней доходило до болезненных размеров.

— Он будет сейчас... Его задержал муж Жени.

— Вы хорошо поместились?.. Я очень рада... А цена?

— Четыреста рублей.

— За один месяц?.. Это ужасно дорого.

Для Елены Павловны все было "ужасно дорого", что не шло на нее самое, ее туалет и разные "безделушки", как она выражалась. Расточительная и мелочная, она вобрала в себя характерное свойство русских барынь — транжирство с грошовым расчетом и полным отсутствием правильной оценки вещей.

— Это не дорого, maman, — позволила себе возразить Антонина Сергеевна. — Целая квартира... Александр нашел, что в отеле неудобно и выйдет дороже.

— Конечно, мой друг... Il faut représenter! {Нужно себя показать! (фр.).}

И, точно спохватившись, Елена Павловна изменила выражение своего детски-подвижного лица, немного сдвинула подрисованные слегка брови и прилегла на кучу подушек.

— Твоим мужем я не нахвалюсь,— начала она другим тоном.— И здесь им очень, очень довольны... Еще третьего дня... мне говорили, qu'il est très bien vu! Что ж? Лучше поздно, чем никогда... И тебя хвалю, мой друг, что не теряла времени... tu t'es convertie, je l'espère, à d'autres idées {}Он на очень хорошем счету!.. ты обратилась, я надеюсь, к другим идеям (фр.).... и на мужа повлияла...

"Ах, Боже мой!" — про себя вздохнула Антонина Сергеевна и смущенно опустила голову. Вот как родная мать понимала ее, какую роль приписывала в "эволюции" Александра Ильича!

— Пора!— продолжала Елена Павловна.— Cela devenait scandaleux {Это уже становилось скандальным (фр.).}. И будущность ваших детей!.. Они очень милы... Ты уже виделась с Лили?

— Нет еще, маман, я хотела быть у тебя...

— Благодарю тебя, мой друг,— перебила Елена Павловна, приподнялась и привлекла ее к себе.— Не скрою от тебя... столько лет я за вас обоих страдала и боялась... Теперь все идет... как надо для людей... de notre bord... Lydie,— она назвала вторую свою дочь,— est adorée de son mari... Он, правда, не особенно блестящ, но идет в гору исполинским шагом... На линии товарища министра... Надеюсь, что и Александр через несколько лет получит пост здесь же... Нынче предводительство — прекрасный дебют. On les cajole beaucoup, les maréchaux de noblesse {...Нашего круга... Лидия... обожаема своим мужем. К ним, предводителям дворянства, очень благоволят (фр.).}. И от него будет зависеть быть скоро камергером.

"Он об этом только и мечтает",— чуть не вырвалось у дочери.

— И внуки мои... здесь же... Я хвалю вас обоих... Ты слишком скромна... но я вижу твое влияние...

Смущение Антонины Сергеевны росло. Мать ее опять

опустилась на груду подушек и кокетливо оправила кружевную косынку.

XVIII

К дочери Антонина Сергеевна так и не попала в этот день.

Она было собралась проститься с матерью, но Елена Павловна взяла ее за обе руки и усадила в кресло.

— Погоди, Нина!.. Минуточку... Я не успела сказать тебе... Твой дядя... князь Григорий Александрович... должен быть скоро... Я его просила перед отъездом заглянуть... И про ваш приезд ему известно... Я очень хотела бы, чтобы и Александр застал его у меня.

Князь Григорий Александрович приводился Елене Павловне троюродным братом, но она его выдавала иногда за родного дядю, иногда за "cousin germain" {двоюродный брат (фр.).}. Он был старый и закоренелый холостяк, с огромным состоянием, родни не любил, в России жил мало. Все родственники, ближние и дальние, охотились за ним, но никому он не оказывал расположения. И Александр Ильич, в последний год, заговорил о князе Григории Александровиче, воспользовался каким-то деловым письмом его, чтобы предложить ему свои услуги по продаже того запущенного сада, что стоит в глубине переулка, там, у них, в губернском городе.

Эти заигрыванья огорчали Антонину Сергеевну. Князя видела она всего один раз в жизни и неохотно вспоминала о нем,— до такой степени он был ей несимпатичен.

— Ты понимаешь,— зачастила полушепотом Елена Павловна,— он, кажется, совсем не вернется в Россию... Все свои имения он продал. У него, должно быть, миллионов пять... Разумеется, он переведет их в заграничные банки...

— Это его дело, maman...

— Помилуй, Нина, что ты говоришь? В своем роде последний. У меня братьев не было... Есть еще другие Токмач-

Пересветовы... но они — бедные. Уж для них-то он, конечно, ничего не сделает. Tu es sa nièce... Наконец, с какой стати такое громадное состояние и пропадет там, за границей?.. Или, как все холостяки, il finira par une drôlesse!.. {Ты его племянница... он закончит с какой-нибудь красоткой!.. (фр.).}

Брови Елены Павловны задвигались, и она еще долго бы говорила на эту тему, если бы не визит князя.

Она пришла в новое волнение, встала, перешла на другое место, оправила свою кружевную косынку и, когда лакей, доложивший о приезде князя, скрылся за портьерой, шепнула дочери:

— Reèois-le, chérie... {Прими его, дорогая... (фр.).}

Антонина Сергеевна послушно исполнила это и пошла навстречу князю.

К ней приближался, короткими шажками, маленький человечек, в синей жакетке и очень узких светлых панталонах. Он казался неопределенных лет; бритое пухлое лицо, сдавленный череп, с жидкими, сильно редеющими темными волосами, зачесанными с одного бока, чтобы прикрыть лысину,— все это было такое же, как и несколько лет назад... Он точно замариновал себя и не менялся... Ему было уже под шестьдесят лет.

— Здравствуйте, князь,— сказала она ему и протянула руку.

Дядей она его не назвала, да он и сам не любил никаких родственных подъезжаний.

— Bonjour, bonjour,— скороговоркой ответил князь, пожал ей руку и оглядел ее своими смеющимися глазками восточного типа.— Maman там?

Он указывал рукой.

— Она вас просит туда.

— Давно здесь?— на ходу спрашивал ее князь.

— Только сегодня.

— С мужем?.. Читал, читал... Утвержден губернским предводителем... Хочет наверстать!.. Не поздравляю.

Она ничего на это не сказала. Последняя фраза "не поздравляю" не удивила ее в князе.

Елена Павловна встретила его под балдахином, на груде подушек, и слабым голосом пожаловалась на то, что она "toute patraque" {совсем разбита (фр.).}, но тона этого не выдержала и начала перед ним слишком явственно лебезить.

— Неужели совсем покидаете нас?— спросила она полужалобным звуком.

— Оплакивать меня никто не будет, а делать мне больше нечего... Климата я не переношу, услуг отечеству никто от меня не просит и не ждет... Довольно я делал опытов... терял и здоровье, и время, коптел, по доброй воле, в земстве, думал, что можно у нас что-нибудь толковое провести... Слуга покорный!

Он вытянул характерным движением свои короткие ноги и широко развел руками.

— И вы ваши чудные имения все продали? — заныла Елена Павловна.

— Продал!.. И это единственное толковое дело, какое мне удалось исполнить в пределах любезного отечества...

Брезгливая усмешка поводила рот князя, и глазки его не скрывали, как ему все эти дамские ахи и охи надоели.

— Но позвольте, князь,— остановила его Антонина Сергеевна.— Я не понимаю, почему вы так недовольны... ведь теперь людям ваших идей...

Выражение не давалось ей. Она уже попеняла себе за такую тираду.

— Вовсе нет! — с неприятным полусмехом досказал за нее князь.

— Nina veut dire... {Нина хочет сказать... (фр.).} — вмешалась Елена Павловна.

— Весьма хорошо понимаю, что ваша дочь хотела сказать,— довольно бесцеремонно остановил ее князь и продолжал в сторону Антонины Сергеевны: — Если бы слушались людей, ничего не желающих, кроме блага, своему отечеству, каждый из нас, независимых людей,— людей охранительных начал в лучшем смысле слова...

— Vous aviez toujours des idées anglaises! {У вас всегда были английские фантазии! (фр.).} — звонко проронила Елена Павловна.

— Давно я из англоманов вышел! — небрежно кинул ей князь.— Не с Англии нам надо обезьянить, а смотреть в оба на то, как ближайшие наши соседи, немцы, пруссаки, у себя справляются со своими внутренними делами.

— Le prussien! C'est l'ennemi! {Пруссак! Но это же враг! (фр.).} — не могла утерпеть Елена Павловна, хотя из кожи лезла, чтобы говорить князю только приятное.

— Кто это сказал? Я этого никогда не говорил... У них нам надо брать уменье вести внутренний распорядок. Нужды нет, что там конституция... Не этим они сделались первоклассною державой и задают тон всем... Авторитет власти, служивого сословия, чувство иерархии — вот на чем у них все зиждется.

Маленькое тело князя выпрямилось, он поднял голову и посмотрел сначала на мать, потом на дочь.

— Вашего мужа,— обратился он в сторону Антонины Сергеевны,— не поздравляю... Весьма ему признателен за его внимание ко мне, но искренне поздравлять его не стану.

"Даже и такой человек видит его насквозь",— подумала она и отвела голову. Как ни мало она сочувствовала торийским или юнкерским взглядам князя, но все-таки в нем она распознавала последовательность и отсутствие замаскированного хищного честолюбия.

— Почему же? — спросила с грустью Елена Павловна,— Alexandre на прекрасной дороге.

— Да! Коли ему хочется подачки!— выговорил князь с презрительным движением нижней губы.— Чтобы обелить себя окончательно...

Щеки Антонины Сергеевны начали краснеть. Ей делалось все тяжелее от участия в этом разговоре. Но не могла она защищать своего мужа. Пускай бы он сам взял на себя эту роль, но он, как нарочно, не являлся.

— Mais il est très bien vu! {Он на очень хорошем счету! (фр.).} — восклицала Елена Павловна.

— Что эта фраза значит? — перебил ее князь и опять засмеялся своим нехорошим смехом.— Разве ваш beau-fils {зять (фр.).} в состоянии будст принести хоть крупицу практической пользы своему отечеству, если он и пожелает плясать по той же дудке?.. Или лучше: сегодня повторять одно, а завтра другое?

Елена Павловна стала жалостно улыбаться. Она никак не могла направить разговор в родственно-интимном духе, боялась, как бы дочь ее не сказала чего-нибудь лишнего, и начала тревожно взглядывать на дверь, не покажется ли там Александр Ильич.

Но и мужчины могли вступить в неприятный спор. Князь ядовит. Зять ее горяч и щекотлив. Глаза ее перебегали от двери к креслу, где сидела ее дочь, и говорили ей:

"Ах, Нина, ты меня совсем не поддерживаешь! Нет у тебя никакого умения привлекать к себе мужчин!"

Князь вынул часы, поморщился, взял шляпу и сказал в сторону Антонины Сергеевны:

— Не знаю, увижу ли вашего мужа. Я еду завтра... Он найдет меня утром дома... Вам нездоровится... Не хочу вас утомлять,— прибавил он, обращаясь к хозяйке.— А! Вот и Александр Ильич!

В дверях стоял Гаярин.

XIX

— Ah! Alexandre... Soyez le bienvenu! {А! Александр... Добро пожаловать! (фр.).}

Елена Павловна обняла зятя нежнее, чем дочь. Князь поздоровался с ним, как с добрым знакомым — не больше.

— Поздравляю! Поздравляю! Господин маршал! Благодарю за ваше неоставление... Добрые мужички так ведь говорят?

Косая усмешка повела некрасивый рот князя вместе с словами: "добрые мужички".

Не могла Антонина Сергеевна не взглянуть на мужа, когда тот подавал руку князю. Он улыбался своею теперешнею улыбкой, но маленькая черта, складка над бровью, хорошо ей знакомая, показывала, что Александру Ильичу не совсем приятен тон поздравления.

— Так, так,— согласился Гаярин и подошел к руке Елены Павловны, чего он, сколько помнилось жене его, не делал прежде.

— Cher Alexandre, садитесь сюда!.. Хотела ехать вас встретить, но ужасная невралгия — всю ночь мучилась... Vous arrivez bien à propos. Вот я сейчас убеждала князя, без всякого успеха... Совсем нас покидает... Бог знает, когда мы его увидим... Чудесные свои имения продал... On dirait qu'il a en horreur notre patrie!.. {Дорогой Александр... Вы пришли как раз кстати. Можно подумать, что он испытывает отвращение к нашей родине!.. (фр.).}

— Да что вы ко мне пристали? — фамильярной нотой перебил князь Елену Павловну.— Лучше вот о вашем зятьке потолкуем, заставим его изложить нам свое profession de foi {исповедание веры (фр.).}.

Взгляд, брошенный опять на мужа, доложил жене его, что Александру Ильичу не хотелось бы садиться "sur la sellette" {на скамью подсудимых (фр.).} и выслушивать полусаркастические выговоры князя.

Он кивнул ей и тихо сказал, садясь между нею и Еленой Павловной:

— Serge me plaît beaucoup! {Сережа мне очень нравится! (фр.).}

Антонина Сергеевна не могла разделить его чувство: она не успела хорошенько разглядеть сына, но эта похвала почему-то не порадовала ее.

— Так, значит, в сословное представительство впрягли себя? — спросил с коротким смехом князь и резко повернулся в сторону Гаярина.

— Как видите,— особенно сдержанно ответил Александр Ильич.

— И вы в это верите?

— Во что, князь?

— Да вот в поднятие сословия... Ведь это так называется теперь высоким слогом? Мне вас, mon cher, искренно жаль...

— Cher prince! {Дорогой князь! (фр.).} — стремительно воскликнула Елена Павловна.— Как же можно так говорить?

— Присмотритесь,— продолжал князь в сторону Гаярина,— к тому, какие нравы развелись у нас, послушайте умных заезжих иностранцев... В прошлом году я, на водах, в Висбадене, участвовал в одном разговоре. Разные были немцы... Майор, знаете, неизбежный major de table d'hôte {майор за табльдотом (фр.).}, англичане, немки-старушенции, alte Schachtel {старые перечницы (нем.).}. И между прочим, один англизированный немец... из крупных аферистов... Человек езжалый... Живет в Лондоне, составил себе состояние в Америке, ездил два раза в Центральную Азию... И к нашему отечеству достаточно присмотрелся... Вот он и говорит мне: "После Америки ваша страна самая демократическая"...

— Так что же из этого? — почти строго возразил Гаярин.

— Немец должен был бы прибавить: никакой у вас нет ни общественной дисциплины, ни того, что во всем мире называется охранительными началами. И сословность-то мнимая, кажущаяся. Для блезиру, как мужички говорят! Одна нивелировка!.. Всех подвести под одну линию... всех превратить в разночинцев без роду-племени, без традиций! Ведь это кукольная комедия, mon cher, для людей с принципами и в здравом рассудке, в земстве ли толкаться или по сословным выборам служить! Как же это возможно, когда каждый из вас превосходно знает, что самый фундамент,— собственность,— давным-давно подкопан, что владеть землей, лесом, чем хотите,— это играть роль какого-то комического узурпатора?

— Позвольте, князь,— остановил Гаярин характерным жестом правой руки,— ваше отношение к крестьянам чисто субъективное.

— Я его вот этим местом испробовал!

Князь резнул себя по затылку ребром ладони.

— Не вы одни!.. Вы сами еще не так давно изволили и говорить, и даже писать, что вся беда — в отсутствии обязательной службы, требовали, чтобы владетельный класс людей образованных был прикреплен к земле, вроде того, как это было в сословии служилых людей Московского государства.

— И никто меня небось не послушал! А потом на смех подымали, и когда я записки на выборах читал, и когда я брошюры печатал... Никаких сословных рамок я не предлагал... Аристократического духа у нас никогда не было и не будет!.. Просто кусок земли, собственность полагал я в основу всего, а она-то и находится в осадном положении. И с каждым днем все хуже и хуже!

Короткая фигура князя завозилась в кресле.

— В осадном положении! — повторил Гаярин.— Это остроумно, но парадоксально!.. Ведь и я, князь, безвыездно прожил около пятнадцати лет в деревне... И с мужиками не один куль соли съел, а до таких отчаянных итогов, как вы, не дошел... Мы ладим и до сих пор и с бывшими собственными крепостными, и с другими соседскими крестьянами.

Говоря это, Гаярин сделал движение головой в сторону Антонины Сергеевны.

— Ну уж, пожалуйста! — закричал задорнее князь.— Вы всегда ублажали мужичка... и супруга ваша также!.. Не знаю, как теперь... но лучше уж не упоминать о том, что было пятнадцати лет!.. Кажется, вы, любезный друг, с тех пор значительно... как бы это сказать... побелели?..

Александр Ильич закусил губы,— это движение не укрылось от его жены,— выпрямился и прошелся рукой по волосам.

— Это уж... argumentum ad hominem {Аргумент к человеку (лат.); доказательство, основанное не на объективных данных, а рассчитанное на чувства убеждаемого.},— сказал он перехваченным голосом.— Моих взглядов на крестьянство я,— прошу вас верить, князь,— в существенном не изменил... Его нельзя предоставлять самому себе... Но так как вы сами изволили сейчас сказать, что сословного духа у нас на Руси нет и развиваться ему нельзя, то служба по представительству есть как раз та гражданская повинность перед страной, о которой проповедовали вы, князь,— повинность имущего и более просвещенного класса!

И с последним словом Гаярин стал во весь свой большой рост и сделал жест правой рукой.

— N'enfourchons pas le dada! {Не будем садиться на своих

коньков! (фр.).} — взвизгнул князь.— Мне все это теперь трын-трава!.. Довольно прений. Вот и я здесь непомерно запоздал.

— Ах, господа! — тревожно заговорила Елена Павловна.— Зачем эти споры?.. Вы оба — одного лагеря — и не можете столковаться. Вот у нас всегда так, всегда так!.. Но я нахожу, что Alexandre, по-своему, прав... N'est-ce pas, Nina? {Не правда ли, Нина? (фр.).}

Вопрос матери вызвал в Антонине Сергеевне почти испуганное выражение лица.

Промолчать она не могла или отделаться банальною фразой. Но ей хотелось верить, что муж ее не напускал на себя фальшивого тона. С тем, что он возражал князю, она готова была согласиться.

В ней, когда она слушала его, поднялся ряд вопросов: "полно, понимает ли она его? Почему он не может честно служить общему делу в звании сословного представителя, если он не изменился в главном — в своем отношении к народу?"

А она не имеет права считать его таким же ненавистником крестьян, как этот князь. Конечно, он не тот, каким был пятнадцать лет назад, но нельзя его назвать ни хищником, ни эксплуататором...

В общем, этот неожиданный обмен русских дворянских взглядов настроил ее иначе.

Она все-таки ничего не ответила на вопрос своей матери.

И это прошло незамеченным. Князь шумно встал, торопливо простился и в дверях погрозил Гаярину пальцем.

— Vous faites le malin, mon cher!.. {Вы хитрите, мой дорогой!.. (фр.).} Но я-то травленый волк!

Эти две фразы долго звучали в голове Антонины Сергеевны, и она опять заслышала в них отклик того, что сама чувствовала с того времени, как перестала увлекаться личностью Александра Ильича.

XX

Перед Антониной Сергеевной на низком креслице дочь ее Лили, отпущенная из института, только оправившаяся от простуды, бледненькая, узкая в плечах, стройная и не по летам большая. В ней было маленькое сходство с матерью, в глазах и усмешке, волосы ее не темнели, а приобретали золотисто-красноватый оттенок; в тонкой и прозрачной коже, около глаз, приютились чуть заметные веснушки. Туалет, городской, сидел на Лили с английским "cachet" {отпечатком (фр.).}. Из-под полудлинной юбки виднелись несколько большие ноги в лаковых башмаках с темными шелковыми чулками. В ее фигуре и манере одеваться было уже нечто определенное, немного чопорное, вплоть до привычки нет-нет проводить кончиком языка по губам, причем зубы, крупные и отлично вычищенные, сверкали тонкою полоской.

Мать она любила; но Антонина Сергеевна при встрече с ней после полугодовой разлуки ожидала не того. Лили не ласкалась к ней по-прежнему, по-детски. И разговор ее изменился: она стала говорить чересчур отчетливо, медленнее, с какими-то новыми, очевидно, деланными интонациями.

Вот и теперь она, рассказывая про жизнь института, употребляла эти, чуждые для ее матери, звуки.

— Мы их совсем не знаем!— сказала она с ужимкой, и это не понравилось Антонине Сергеевне.

Речь шла о другом отделении института; его до сих пор зовут "мещанским".

— Как ты это выговорила, Лили! — заметила Антонина Сергеевна.

— А что, maman?

— Да точно они не такие же твои подруги.

— Разумеется, не такие...

— Но ведь и там... дочери людей... совершенно достойных.

— Принимают и купеческих дочерей.

— Может быть; но заведение — одно и всех вас равняет.

Лили глядела на мать своими узковатыми близорукими

глазами, и этот взгляд вызывал в Антонине Сергеевне неловкость.

— Ах, maman,— сдержанно и повернув голову набок, возразила Лили,— разница большая... Там все... и дочери классных дам... и немки всякие... и даже из гостиного двора... Enfin... c'est très mêlé {Наконец... это очень смешанное общество (фр.).}.

Это слово "mêlé" было выговорено совсем уже чужою интонацией. Лили от кого-нибудь усвоила ее себе, от классной дамы или от воспитанниц старшего класса.

И почему-то Антонина Сергеевна не находила в себе таких нот, которые бы дали сразу отпор тщеславию, ведающемуся в молодую душу ее дочери. Именно авторитетных нот не хватило ей... А обыкновенный искренний тон скользил по Лили. Быть может, она и прежде заблуждалась насчет этой девочки. Она редко бывала ею недовольна; но уже лет с семи Лили была слишком безукоризненна и не по возрасту рассудительна.

— Во всяком случае,— сказала Антонина Сергеевна,— не следует развивать в себе такие...— она хотела сказать: "сословные",— чувства.

Но Лили поглядела на нее недоумевающими глазами и повернула вбок голову опять от кого-то заимствованным жестом.

Ей очень хотелось с отцом и с братом на бега, на Семеновский плац. Удержала ее мать, побоялась новой простуды, да и желала побыть с нею наедине.

Их беседа не пошла дальше, была прервана приездом сестры Антонины Сергеевны, Лидии Сергеевны Нитятко, жены тайного советника, заведующего "отдельной частью", делового чиновника, на прямой дороге к самому высокому положению, о каком только можно мечтать на гражданской службе. Она вышла за него молодою вдовой, бездетной. Первый ее муж был блестящий военный, унесенный какою-то острой, воспалительной болезнью.

Лидия Сергеевна была вылитая мать двадцать пять лет назад, рослая, с чудесным бюстом, но еще красивее. Овал лица, вырез глаз, значительный нос, полный подбородок и посадка головы на мягко спускающихся плечах носили гораздо более барский отпечаток, чем у старшей сестры. Она двигалась медленно, плавно, говорила ленивым контральтовым голосом, смотрела спокойно и нервности от своей матери не унаследовала; но унаследовала зато, кроме внешности, такую же постоянную заботу о туалетах и выездах.

И сегодня она обновила туалет, из-за которого раз десять заезжала к Абакидзе обсуждать подробности отделки. Тут были шитье, тесьма, меховая опушка в переливающихся цветах, от светло-дымчатого до цвета резеды. Шляпка, вся укутанная перьями и лентами, сидела на ее живописной круглой голове с тем "fini" {законченностью (фр.).}, какой не дается иначе, как ценою долгих соображений.

С сестрой Антонина Сергеевна никогда не имела общей жизни. Детство они провели врозь — Лидию. отдали в тот институт, где теперь Лили, замуж она выходила, когда Гаярин засел в деревне; ее первого мужа сестра даже никогда не видала. И второй ее брак состоялся вдали от них. Она почти не расставалась с Петербургом, ездила только за границу, на воды, и в Биарриц, да в Париж, исключительно для туалетов.

От Александра Ильича случалось Антонине Сергеевне слыхать, что Лидия "проста". Но сама она не произносила такого приговора, в письмах Лидии не видала ничего — ни умного, ни глупого, считала ее "жертвой суеты", но очень строго не могла к ней относиться. Да и вообще она не признавала за собою способности сразу определить — кто умен, кто глуп. Репутация умников и умниц доставалась часто тем, в ком она не видела никаких "идей" а без идей она ума не понимала.

Лидия вошла в угловую комнату, где сидела мать с дочерью, своей величавой и ленивой поступью и на ходу пустила низкою нотой:

— Bonjour, Nina!.. Tu vas bien?.. {Здравствуй, Нина!.. У тебя все в порядке?.. (фр.).}

Это было ее непременное приветствие. Так же приветствовала она и племянницу, к которой благоволила и часто навещала ее.

— Bonjour, petite!.. Tu vas bien?.. {Здравствуй, малышка!.. У тебя все в порядке?.. (фр.).}

Лили быстро встала, подошла к тетке, когда та поцеловалась с сестрой, протянула ей руку и слегка присела.

— Merci, chère tante! {Спасибо, дорогая тетя! (фр.).}

Так они подходили одна к другой, что Антонина Сергеевна невольно усмехнулась про себя и подумала:

"С такой maman моей Лили было бы куда веселее".

— Ты не выезжала, сестра? — спросила Лидия, опускаясь на диван.— Хорошо делаешь! Воздух резкий... Но я собралась на бега. Твой муж там? Я не знала... Но одной какая же охота, а Нитятко не может... У него сегодня экстренный доклад.

Мужа она называла "Нитятко", как водится между некоторыми петербургскими дамами. С ним было ей вообще скучно... Он с утра до вечера работал и кое-когда провожал ее на вечер, еще реже в театр. В жену свою он был упорно влюблен, к чему она оставалась равнодушна, хотя и пошла за него замуж под давлением этой страсти сухого, но доброго петербуржца, засидевшегося в холостяках. Его положение, репутация "отлично-умного", честнейшего человека по-своему щекотали ее тщеславие.

— Сегодня ты у Мухояровых?

— Да,— кротко ответила Антонина Сергеевна.

— На целый день?

— Кажется.

— Меня тоже звали... Это не очень весело,— протянула Лидия и старательно оправила на груди какие-то городки и одну из складок корсажа, шедших вбок, что еще выгоднее оттеняло контуры ее эффектной груди со строгими линиями.

— Я еще не знакома с ее обществом.

— Ах, душа моя!— Лидия охотно переходила к русскому языку,— все какие-то уроды... Она теперь вдалась в эту... как она называется?.. в теософию. Гости князя, мужчины, des gros bonnets... довольно скучные. И у ней свои какие-то habitués... {важные персоны... завсегдатаи (фр.).} Разумеется, лучше, чем дома сидеть.

— Ты разве много сидишь?

— Господи, ужасно! Un mari comme le mien,— и она взглянула на *Лили*; но это ее не заставило переменить разговора.— Tout dans ses paperasses {Такой муж, как у меня... Весь в своих бумагах (фр.).}.

— Он тебя очень любит? — потише выговорила Антонина Сергеевна.

— Я не жалуюсь... только...— *Лидия* улыбнулась простовато глазами и своим большим ртом,— il a mal choisi {он сделал плохой выбор (фр.).}.

Лили это слышала и поняла, но сидела в стороне, в безукоризненной позе девочки-подростка, которую не высылают, зная, что она умненькая и лишнего не должна понимать.

Так начинала свое петербургское утро Антонина Сергеевна.

XXI

У ее кузины, к часу обеда, собирались гости.

В гостиной, пышно отделанной и холодноватой, где свет двух ламп разгонял мглу только по самой середине комнаты, княгиня Мухоярова куталась в короткую бархатную мантильку, опушенную соболем, и томно вела разговор с двумя мужчинами.

Она их представила Антонине Сергеевне, как только та вошла в гостиную. *Лили* явилась позднее, с теткой; *Лидия* заехала за ней еще раз и повезла ее кататься по Дворцовой набережной.

— Monsieur Тебетеев — поэт и философ,— указала кузина сперва на мужчину, сидевшего по левую руку от нее.

Бледнолицый, бритый, гладко причесанный, в темных усах, вытянутых тонкими прядями, неопределенных лет, он показался ей похожим на иностранца. И он, и другой гость были во фраках и белых галстуках.

— Порфирий Степанович Столицын,— назвала кузина мужчину, сидевшего справа, который тоже смахивал на иностранца, средних лет, как и первый, небольшого роста, пухлый, белокурый, довольно красивый, причесанный по-модному, с моноклем и подстриженною бородкой.

— Ты знаешь этих господ по их сочинениям,— вполтона прибавила кузина.

Но Антонина Сергеевна не читала ни того, ни другого, не могла даже сказать, кто этот Столицын как писатель, в каком роде он пишет.

— Моя кузина,— отрекомендовала гостям хозяйка и, повернув опять голову к Антонине Сергеевне, продолжала: — Вот monsieur Тебетеев сейчас передавал содержание письма, полученного им от виконта Басс-Рива... Ты, конечно, наслышана о нем.

— Басс-Рив? — переспросила Антонина Сергеевна с большим недоумением в голосе.

— Как? Вы не знаете имени великого Басс-Рива? — с ироническою улыбкой спросил Столицын, освободил свой глаз и прищурил его на Антонину Сергеевну.— Ведь княгиня считает его настоящим пророком.

Его манера говорить отзывалась чем-то деланным, вплоть до неестественной картавости. В этой гостиной он играл роль скептического умника и подсмеивался над "теофизическими" идеями княгини. Он считал себя настоящей европейской известностью с тех пор, как в "Figaro" его назвали "l'éminent historien russe" {известный русский историк (фр.).}. По службе ему не повезло, и он уже более пяти лет печатал этюды за границей и в России, на политические темы, осуждал всего сильнее антинациональное направление дипломатии и находился как бы в личных счетах с князем Бисмарком и маркизом Салисбюри.

Его этюдов Антонина Сергеевна не читала, но сразу на нее повеяло и от этого "éminent historien", и от поэта с наружностью итальянского баритона чем-то для нее подозрительным, чуждым. Пятнадцать лет назад в гостиной кузины она, конечно, не встретила бы этих господ.

— Пожалуйста, м-р Столицын, я вам не позволю так говорить про Басс-Рива.

Возглас княгини прозвучал так же манерно, как и тирада ее гостя. Поэт молчал и сладимо улыбался. В нем для Антонины Сергеевны было что-то еще менее привлекательное, чем в Столицыне.

И у ней пропала сразу всякая охота принять участие в разговоре. Точно сквозь дымку, видела она их лица и слышала фразы.

Тебетеев раскрыл рот и что-то тихо сказал насчет парижских кружков, где занимаются "изотерическими" вопросами.

"Изотерическими",— повторила про себя Антонина Сергеевна, и слово навело на нее род гипноза. Ей захотелось зевать, и она все усилия своей воли направила на то только, чтобы истерически не раскрывать рта.

Кузина заволновалась, рассказывая про какого-то индийского владетельного князя, признавшего опять в том же виконте Басс-Риве предтечу и главу всесветного учения, которым должен обновиться весь верующий мир и где преобразованному учению Будды предстоит объединить все верования и толки.

Тебетеев раскрыл рот и с косою усмешкой напомнил, что в одной своей брошюре виконт Басс-Рив выделял немцев из семьи народов, способных на высшую культуру. Они — те же гунны, и после их временного торжества, когда все просветленные народы индоевропейского происхождения сплотятся между собой, они будут изгнаны, приперты к морю, куда и ринутся, как стадо свиней евангельской притчи.

Это учение виконта о немцах смягчило Столицына. Он одобрительно засмеялся и начал длинную речь о том, как постыдно идти на буксир "шенгаузенского помещика", и вошел в ряд доводов из дипломатической истории, показав в конце своей речи, что вывести Россию с этого пагубного антинационального пути может только он, Столицын.

Гипноз Антонины Сергеевны продолжался вплоть до приезда Лидии с Лили и офицером большого роста, с белою фуражкой в руках. Она его, кажется, и прежде видала у кузины; может быть, он приходился княгине дальним родственником.

Офицер вошел в гостиную развалистою походкой кавалериста. Ему на вид было уже сильно за тридцать. Длинные усы падали на щеки, коротко остриженная голова уже начинала седеть. Сюртук сидел умышленно мешковато, как и рейтузы.

Лидия с офицером сели около Антонины Сергеевны. Лили отошла в сторонку, сделав продолжительно церемонный поклон с приседанием. Ее тетка продолжала разговор с офицером. Он держался, как в доме родственников: не спросил позволения у хозяйки закурить толстую папиросу в пенковой трубке и заговорил сиплым баском.

Антонина Сергеевна стала прислушиваться к тому, что он рассказывает.

— Курьезный это народ,— говорил офицер и смешливо поводил усами.— Особую выучку проходят с малолетства... Едут в маленьких санках и поросенка с собой везут... И вдруг где-нибудь, где овражек или колдобина, свернется набок и выпадет из санок, как мешок с мукой, и совсем совместится с плоскостью... И полушубки у них белые, точно мелом вымазаны, от снега-то и не отличишь...

Лидия как будто слушала офицера, но глаза ее лениво переходили от одного предмета к другому. Она довольна была хоть тем, что сидит около нее нестарый военный с белой фуражкой и она не обязана поддерживать тошного разговора кузины и тех двоих мужчин.

Через пять минут она спросила что-то о Михайловском театре.

— Я года два не был там,— сказал военный и затянулся из своей пенковой трубки.

— Быть не может!

— Тоска!.. Это ведь вроде наряда по службе... дежурство какое-то... Так оно хорошо в обер-офицерских чинах.

Антонина Сергеевна сообразила, что он в полковничьем чине: на погонах у него были две красных полоски и вензель.

— И на вечерах вас нигде не видно,— заметила Лидия.

— Слуга покорный! У нас в полку тридцать пять человек сверхкомплектных. Так пускай они эту службу несут... Есть между ними настоящие мученики... Хоть бы корнет Прыжов... Тот третьего дня говорит мне: "Поверите ли, полковник, в субботу должен был на трех вечерах быть и на двух котильон водил"... Совсем подвело беднягу.

Разговор полковника немного освежил Антонину Сергеевну. Он говорил не спеша, с паузами, тон у него был простоватый и без претензии. По крайней мере, он не боялся выражать своих вкусов. И то, что он не без юмора рассказал сейчас про корнета Прыжова, жертву танцевальной эпидемии, давало верную ноту зимнего Петербурга.

Она подумала, что салон кузины с ее толками об учении виконта Басс-Рива еще слишком серьезен для того, чем живет столица, сбросившая с себя давным-давно всякую игру в "вопросы".

Обидно ей стало за себя: она сидит тут, пришибленное, выбитое из колеи, жалкое существо... И надо будет высидеть еще целый обед и вечер.

Пришел и хозяин дома, муж кузины, коренастый брюнет, толстый, резкий в движениях, совсем не похожий на свой титул, смахивающий скорее на купца средней руки. Он предложил закусить. В кабинете у него сидело еще трое мужчин. Ждали Гаярина и дядю княгини, графа Заварова, недавно поступившего на покой,— одну из самых крупных личностей прошлого десятилетия.

Но обедать сели не раньше половины седьмого.

XXII

В кабинете хозяина, почти таком же обширном, как и гостиная, мужчины курили после обеда, пили кофе и ликеры.

Александр Ильич Гаярин сидел на диване рядом с графом Заваровым. У стола, где был сервирован кофе, примостился Ахлёстин, попавший к Мухояровым накануне возвращения на южную зимовку.

Сидели тут Столицын, полковник с пенковой трубочкой и еще трое мужчин, из которых один — худой брюнет, бородатый, лысый, с остатками запущенных волос — смотрел музыкантом, но был известный Вершинин — юрист, делающий блестящую судебную карьеру, когда-то вожак университетских сходок, "пострадавший" и вовремя изменивший до корня своему студенческому credo. Гаярин встречался с ним в Петербурге лицеистом, считал "подвижником" и "трибуном". С тех пор они никогда и нигде не видались вплоть до этого обеда. Начали они новое знакомство взаимным зондированием во время обеда и друг друга не то ловили, не то подсиживали, но говорили в согласном тоне, обегая всего, что могло им напомнить их прошлое. В лице Вершинина Александр Ильич видел веский примет того, как дорожат способными людьми, когда они возьмутся за ум и желают наверстать все то, что теряли из-за "глупых" увлечений... По воспитанию, роду и связям он сортом покрупнее Вершинина, на которого смотрят все-таки как на разночинца, продавшегося за дорогую плату.

Гаярина гораздо больше интересовал граф Заваров. Когда-то он его ненавидел, считал одним из главных гасильников, не признавал в нем ничего, кроме непомерного властолюбия и мастерства запутывать нити самых беспощадных интриг. Но с тех пор, как этот некогда могущественный "случайный" человек очутился в стороне от главной машины внутреннего управления и сам Александр Ильич начал свою "эволюцию", личность графа представилась ему в другом свете.

Но он не имел случая присмотреться к нему, послушать его, определить, с какими взглядами простился тот с прежней ролью и приехал доживать в складочном месте сановников, сданных на покой.

Граф еще не глядел стариком, только гнулся и сильно похудел в последние два-три года. Военный сюртук носил еще он молодцевато, усы и подстриженные волосы блондина, поседевшего поздно, смягчали красивый овал лица. Голубые иссера глаза, уже потерявшие блеск, всматривались с постоянною добродушно-тонкою усмешкой. Бороды он не носил и всем своим обликом и манерой держать себя напоминал об истекшей четверти века. Говорил он тихо, немного картаво, с чрезвычайно приятным барским произношением.

За обедом он сидел между хозяйкой и Антониной Сергеевной, в общем разговоре почти не участвовал, ел мало, но довольно много пил. Перед ним стояла бутылка его любимого бургонского, которую он и опорожнил, и к концу обеда стал краснеть розовым румянцем. Князя он звал просто "mon cher" и говорил ему "ты". И в прежнее время он бывал запросто у Мухояровых, оказывал поддержку князю, пустившемуся в разные подрядческие предприятия, и ничем от этого не пользовался. В этом доме он позволял себе, за обедом, выпить лишний стакан вина — привычка, про которую много злословили, раздувая ее до степени порока.

Присутствие графа не отражалось на тоне гостей. Он не в первый раз чувствовал, по возвращении в Петербург, как мало у нас почета тем, кто уже не стоит более на прежней высоте. С этим он мирился и своим мягким обращением и прежде ободрял каждого, кто являлся к нему с тайным трепетом. Эту черту его натуры объясняли всегда лицемерием и привычкой носить маску.

— Не прикажете ли, граф, холодненького? — спросил хозяин, усвоивший себе и в разговоре купеческие интонации и слова.

— Нет, мой милый,— ответил граф.— Но твой Помар очень хорош. Прикажи подать бутылку.

— Сию минуту,— крикнул князь и суетливо позвонил.

— А мне водицы зельтерской,— попросил Ахлёстин.

Он прощался с Петербургом до будущей осени, и ему хотелось, чтобы вышел общий интересный разговор и он увез бы с собой "доминанту": так он выражался, музыкальным термином.

И тотчас же он обратился с вопросом к Вершинину о судьбе нового проекта, о котором весь Петербург начал говорить. Это подняло температуру, и через пять минут происходил уже перекрестный обмен слухов, восклицаний и сентенций.

Хозяин был вообще равнодушен к внутренним вопросам, но он первый закричал:

— Давно пора дать ход нашему брату! Давно пора!

И, обратившись к Гаярину,— они были на ты,— спросил:

— Небось и ты почувствовал теперь, что необходимо поднять дух сословия, а?..

— Хорошо, если не ограничатся полумерой,— сказал сдержанно Гаярин и вбок посмотрел на графа Заварова.

— Без обязательной службы в уезде ничего путного, господа, не будет,— пустил Ахлёстин тоном человека, которому известно вперед, что будут говорить его собеседники.

— Вот еще чего захотели! — перебил хозяин.— И без того есть нечего, а тут еще обязательная служба, значит, и безвозмездная!

— Разумеется. Иначе это только переодетые чиновники будут!.. Статисты администрации!

Завязался спор. В него втянулись все, кроме графа. Он сидел и попивал винцо, тихо улыбался и взглядывал чуть заметно утомленными, добрыми глазами то на того, то на другого из споривших.

Между Гаяриным и Вершининым шло состязание совершенно особого рода: они старались выставлять одни и те же доводы в пользу новой меры, но делали это так, чтобы каждому ясно было, насколько они "не одного поля ягода". Своим теперешним охранительным взглядам они придавали разную окраску: Гаярин — с сохранением благородной умеренности, Вершинин — вовсю.

На них то и дело взглядывал граф Заваров.

Ему припомнилось то время, когда судьба обоих была в его руках. Он видал того и другого юными энтузиастами, не забыл их тогдашних ответов, всего поведения во время сидения взаперти. И они, конечно, не забыли этой эпохи, но его присутствие точно подзадоривало их, они как будто хотели показать ему, что им уже нечего бояться, что их благонамеренность вне всякого сомнения и понимание интересов своей родины неизмеримо выше того, чем пробавлялись в предыдущую эпоху.

Один только Ахлёстин, не оставляя своего скептического и подмывательного тона, держался особо от общего хора, и в его глазах мелькала усмешка, говорившая:

"И что нам ни дай, никакого путного употребления из этого мы не сделаем".

Граф Заваров долил стакан, закурил сигару, немного подался вперед, над столом, и тихо выговорил, воспользовавшись паузой:

— Господа, позвольте и мне сказать два слова.

Все повернулись к нему и примолкли.

Он обвел их мягким взглядом и переменил позу, облокотился о спинку дивана, а правую руку положил на его ручку.

Ахлёстин задвигался на своем кресле с чувством любителя, которому предстоит слышать что-нибудь очень хорошее. Последний его вечер в Петербурге не пропадет даром.

Гаярин почувствовал на себе взгляд графа и наклонил голову. Он подумал:

"Что бы ты ни сказал, твоя песенка пропета. Ты теперь занимаешься фрондерством потому, что тебя сдали на покой".

Хозяин стал у дверей и с довольным видом оглядел весь свой кабинет. Чем бы ни кончился спор, ему было все равно.

"Только бы без карамболей",— выразился он мысленно.

XXIII

— Извините меня, господа,— начал граф Заваров и немного прикрыл глаза.— Я слушал ваш разговор,— теперь ведь всюду идут разговоры в таком же духе,— и мне кажется, все эти заботы о подъеме руководящего класса лишены всякого серьезного... как бы это сказать?.. базиса, что ли...

— Почему же, граф? — спросил Вершинин.

Граф поглядел на него и чуть заметно усмехнулся. Глаза его досказали:

"Тебе, мой милый, с твоим прошедшим, не надо бы так усердствовать".

— Почему? — повторил он вопрос.— С вами, господа, говорит в эту минуту человек, предки которого и в прошлом, и в этом столетии послужили своему отечеству... Их имена вошли в историю. Они были самыми доблестными сподвижниками нескольких царствований... Я это привожу не затем, чтобы хвастаться своею родовитостью, но хочу только сказать, что я имею не менее всякого другого дворянина право стоять за прерогативы своего сословия...

Гаярин встретил, подняв голову, взгляд графа и прочел в нем:

"Ты, мой милый, только считаешь себя аристократом, но твой род весьма неважен: прадед твой был откупщик, вышедший в дворяне, а сын его дослужился до больших чинов по благотворительным учреждениям".

— Вы меня понимаете, господа,— продолжал граф.— Я не желал ставить вопрос на личную почву, а заявляю только некоторое право на сословное чувство... И оно во мне нисколько не встревожено... Поднимать наше сословие?.. Но ему ничего не грозит извне... Вся его сила и слабость — внутри, в нем самом.

— Еще бы!

Этот возглас вырвался у Ахлёстина. Он с самых первых слов графа пришел в приятное возбуждение и одобрительно кивал головой.

— Однако,— возразил Столицын и сейчас же придал своему рту особое выражение,— граф, согласитесь, что без известных учреждений нельзя оградить прерогативы руководящего класса.

— Что-нибудь да надо сделать! —крикнул князь Мухояров все еще с своего места от входной двери в кабинет.

— Милый друг,— ответил ему граф тоном старшего родственника,— скажи мне откровенно, разве ты когда-нибудь думал серьезно о своих сословных правах? Пользовался ты своим именем и происхождением, чтобы там, на месте, в уезде, играть общественную роль?.. Конечно, нет.

— У меня были другие занятия,— возразил князь,— крупные интересы...

— Вот видишь! Все дело, значит, в нас самих!.. Вы изволите говорить,— обратился граф движением головы в сторону Столицына,— прерогативы... Их было очень достаточно, больше столетия... И даже такое страшное право, как крепостное...

— Позвольте, граф,— возвысил голос Вершинин,— крепостное право тут ни при чем... Мы это знаем... Почему же не пристегнуть кстати и указа о вольности дворянства?

В этом возражении заслышался оттенок, который поняли все. Так Вершинин не стал бы спорить с графом, если бы тот не находился уже "на покое".

— Напротив, все эти вольности, то есть, другими словами, права,— и права огромные,— в таком государстве, как наше, составляли актив высшего класса до и после великой реформы. Употребление из них было совсем не такое, какое могло бы быть.

Все это граф выговорил, не возвышая голоса; губы его складывались в ироническую улыбку, хотя глаза сохраняли добродушное выражение.

— Прав-то всем хочется, а службы, обязательной и даровой, никто ни хочет нести!

Слова Ахлёстина, обращенные ко всем, бывшим в кабинете, не вызвали возражения: его считали оригиналом и позволяли ему говорить что угодно, но граф очень ласково поглядел на него.

— И с вами я не могу вполне согласиться. Обязательная служба — тяжелая мера. Ее можно было оправдывать прежде, когда служилый класс составлял охрану государства, и потом, когда Петр отдал нас в науку. Но теперь это было бы только доказательством того, что в самом сословии нет внутреннего понимания своей высокой роли.

— И без того нечем жить! — сказал кто-то.

— Кому?— спросил граф.— Кто не умеет вести своего хозяйства и кому хочется пустой и разорительной жизни в столице и за границей? Знаете, господа, когда я слышу охи и ахи, жалобы и сетования, то мне сейчас представляется депутация из Москвы от наших коммерсантов, которым все мало, все еще недостаточно поощряют их. "Запретите ввоз, наложите пошлину повыше, дайте субсидию,— мы стоим за процветание отечества"... а прежде всего, я думаю, за возможность брать рубль на рубль там, где заграничный фабрикант и купец довольствуются четырьмя процентами.

Он тихо засмеялся. Гораздо громче поддержал его смех Ахлёстин, вскочивший с своего места.

— Это верно, это архиверно! — вскрикивал он и начал усиленно жестикулировать правою рукой.

— Зачем,— продолжал граф после маленькой паузы и налил себе вина,— зачем, спрошу я, люди с хорошим состоянием, с именем продают свое самостоятельное положение, идут в чиновники, обивают пороги в приемных? Зачем?.. Прямо из одного тщеславия, даже меньше,— из какого-то добровольного холопства...

"Вот ты как заговорил!" — воскликнул про себя Гаярин и стал заметно бледнеть. Ему захотелось пустить что-нибудь едкое по адресу графа, и он с трудом сдерживал себя.

— Вы так изволите определять государственную службу?— спросил злорадно Вершинин.

— Нет-с,— ответил граф брезгливо и значительно, как сановник, знавший, что такое власть.— Прошу не перетолковывать моих слов... Служба службе рознь. Теперь идут в сословное представительство затем только, чтобы сейчас же перемахнуть в чиновники... Да еще добро бы нужда заставляла, а то и этого нет! Как же назвать это свойство? Подумайте сами, господа!

Гаярин продолжал молчать, все так же бледный, с блестящими глазами, и отхлебывал ликер из рюмки. Он не мог принять слов графа на свой счет. Это было бы чересчур бесцеремонно. Граф считался образцом вежливости и такта. Но все-таки неспроста сказал он это.

— Государство и должно притягивать к себе все, что ему предано! — пустил Вершинин тем же тоном, к которому графу приходилось привыкать с тех пор, как его перестали бояться.

— Согласен с вами,— любезнейшею улыбкой сказал граф,— оно нуждается во всяких уступках, в почетных и в весьма печальных.— Он сделал умышленную паузу.— Но мы говорим не о том, что выгодно и за что больше денег платят, а о правах и чувствах нашего сословия... Были бы только чувства благородные, а права найдутся!

— Браво, граф! — крикнул Ахлёстин.— Редко слышу такие речи в моем отечестве. Благодарю вас от души! Вы меня совсем оживили!

Он хотел прибавить: "Позвольте мне завезти вам завтра мою брошюру",— но не сказал больше ничего.

Гаярин сидел нервный и злой. Он страдал всего сильнее оттого, что считался в одном хоре с этим Вершининым, которого он презирал, не хотел показать графу, что принял его слова на свой счет, и не находил нужным возражать в направлении, приятном остальным господам, бывшим в кабинете.

— Значит, вы, граф, против нового проекта? — спросил хозяин, сохранивший тон фрондера, которому, в сущности, решительно все равно, только бы шли его дела без запинки и он находил в высших сферах влиятельную поддержку.

— На это позволь мне ничего не ответить... Проект еще не поступил на обсуждение.

И он взглядом добавил: "Пора бы, любезный, иметь побольше такта".

Вслед за тем граф поднялся, оправил сюртук и сделал общий поклон перед тем, как выйти.

— Спорить с вами, господа, я не хотел. Но то, что я сказал здесь, я повторяю везде и считаю это своим долгом... Никакой подъем немыслим, если вот здесь ничего нет.

И он приложился рукой к левой стороне груди.

— Торопитесь? — спросил его хозяин.

— Я пойду раскланяться с княгиней.

Он сделал еще поклон и вышел, немного горбясь на ходу. Князь проводил его.

Все молчали с минуту по уходу графа.

XXIV

Муж и жена встретились в зале.

— Ты останешься здесь на весь вечер?— спросил Александр Ильич.

— А ты?

У ней был утомленный вид. Она хотела бы пойти к себе, взять с собой дочь,— Сережа отправился в цирк, и отец отпустил его одного,— надеть свой халатик и поговорить с нею подольше.

— Тебе нездоровится?

Этот вопрос Александр Ильич сделал без всякой тревоги на лице. В Петербурге его бесстрастная мягкость с нею получила еще более условный оттенок.

— Я немного утомилась.

Она сказала ему про желание взять Лили и пойти к себе.

— А я должен еще попасть на вечер.

Куда он ехал, она не знала и не стала узнавать. Она заметила, что он был бледнее обыкновенного, и тоже не спросила — почему. Таких расспросов он никогда не любил и прежде.

Если бы она слышала разговор в кабинете и побывала в душе своего мужа, прошла бы вместе с ним через ряд подавленных едких ощущений, она поняла бы, почему он был так бледен.

В дверях гостиной показалась Лидия.

— Nina! — окликнула она сестру.— Tu t'en vas? {Нина! Ты уходишь? (фр.).}

И вслед за тем она ленивой своей поступью подошла к ним.

— Какие они там все глупости переливают!— довольно громко произнесла она и кивнула взад головой на гостиную.— C'est a dormir debout!.. {Это вздор!.. (фр.).}

— Вы едете? — спросил ее Александр Ильич, бывший с ней на "вы".

Он ей улыбнулся, и глаза его блеснули. В первый раз Антонине Сергеевне пришла мысль: "А ведь они пара! Какие оба красивые и видные!" Она даже начала краснеть от этой внезапной мысли.

— И вы обращаетесь в бегство? — шутливо сказал он Лидии тоном полувопроса.— Домой или еще в гости?

— Я должна бы заехать на минуту домой, но Виктор Павлович, конечно, не пожелает меня сопровождать.

— А он дома? — спросил Гаярин.

— Разумеется.

— Знаете что, Lydie,— заговорил он, оживляясь все заметнее.— Я еще его не видал... Довезите меня к себе... Я на минутку зашел бы к нему.

— Едемте.

Она тоже оживилась.

— Bonsoir, Nina... {Добрый вечер, Нина... (фр.).} Когда же ко мне обедать?

— Не знаю, Лидия.

— Да ты совсем разомлела... с дороги...

И она прибавила, повернув лицо к ее мужу.

— Она у вас всегда в эмпиреях! Ха-ха!..

Смех у Лидии был неприятный, горловой и выказывал больше всего ее недальность.

Гаярин и Лидия пошли к передней. Он ничего не сказал Антонине Сергеевне; она только кивнула головой. Надо было возвратиться в гостиную, где кузина, наверное, будет удерживать ее. Придется сказать, что у ней начинается мигрень. Лили, кажется, весело сидеть с большими и воображать себя девицей... Зачем лишать ее удовольствия?

Но чего она тут наслушается? Зачем засаривать ее голову всем этим полумистическим вздором?

Надо было взять ее с собой. Антонина Сергеевна, совсем разбитая, скрылась за портьерой гостиной.

В эту минуту муж ее сходил с лестницы с ее сестрой и поддерживал ее немного под локоть. Он в своей ильковой шубе и бобровой шапке, она в светло-гороховой тальме, с песцовым мехом,— оба видные и барски пышные,— смотрели действительно парой, точно они молодые, выезжающие первую зиму.

До сих пор Лидия побаивалась своего шурина, но в этот приезд он ей показался совсем другим человеком. Она чутьем истой дочери Елены Павловны распознала, куда он стремится, и ей нечего было больше бояться. Они понимали друг друга прекрасно. Вот какого мужа ей нужно: блестящего, с красивым честолюбием, а не Виктора Павловича Нитятко: тот, если и будет министром, все равно не даст ей того, что ей надо было, не превратится в настоящего сановника, в уроженца высших сфер.

Гаярин вбок взглядывал на свою свояченицу, и ее профиль нравился ему. И ее видный стан, в светлой тальме, опушенной дорогим мехом, выступал так красиво на темном атласе каретной обивки.

Он упрекнул себя в том, что слишком высокомерно относился к ней, считал почти набитою дурой. А разве она в теперешнем его положении не годилась бы ему в жены гораздо больше, чем Антонина Сергеевна?..

Та — поблекла; как женщина, она для него почти что не существует, а это в брачной жизни человека, полного силы, печально и опасно. Да и помимо того, Антонина Сергеевна, не желающая "поумнеть", понять, что он теперь и куда идет, рядом с ним занять почетное место и там, в губернии, и здесь, в том кругу, где он будет отныне жить и действовать,— это вечная помеха. Гостиной она не создаст, связей не поддержит, будет только всех отталкивать и пугать, напоминать о его прошедшем, вызывать глупые, вредные толки.

Ну, Лидия пуста, не умна... Но для выездов и знакомств у ней есть: барский тон, эффектная внешность, умение одеваться и нравиться мужчинам, все светские аппетиты... Эта не стала бы ему делать диких сцен из-за того, что его собираются выбирать в предводители.

Как бы отвечая на его мысли, Лидия спросила его:

— Alexandre, довольны вы вашим назначением?

Он ответил, что доволен. Разговор отрывочно пошел на эту тему. Ближе к дому она сказала ему:

— Вы, конечно, смотрите на предводительство, как...

Слово она не сразу нашла.

— Как на marchepied? {ступеньку (фр.).}

Он только усмехнулся в ответ. И через минуту спросил ее в свою очередь про мужа:

— Виктор Павлович разве не имел оснований рассчитывать к новому году на звание статс-секретаря?

— Не знаю,— заговорила она оживленнее, и под тальмой он заметил, как она повела своими крупными плечами.— Он ведь мне не поверяет своих... enfin, ses ambitions!.. Конечно, это было бы хорошо... N'est-ce pas, c'est un titre à vie? {чаяний!.. Не правда ли, это пожизненный титул? (фр.).} Вроде генерал-адъютант в штатской службе?

— Вроде,— тихо вымолвил он и полузакрыл мечтательно глаза.

— Шитый мундир... хоть и не золотом, mais tout de même, c'est chic {но все же это шикарно! (фр.).}.

— Très chic,— так же мечтательно повторил он и запахнулся в шубу.

Она попадала на свою любимую зарубку. Муж мог бы давно получить какое-нибудь звание, дающее ей, как светской даме, полный ход всюду. Положим, она и теперь особа "третьего класса" и может являться на больших балах и выходах; но все-таки она чиновница, а не дама, принадлежащая к особому классу, имеющему доступ всюду и приезд "за кавалергардов".

— Виктор Павлович,— сказала она, протягивая слова, что для нее было признаком некоторого раздражения,— давно бы мог иметь... une charge honorifique. Но у него какая-то нелепая гордость... Il veut être homme d'état et pas autre chose! {почетную должность. Он хочет быть государственным деятелем и никем другим! (фр.).}

— Одно другому не мешает,— как бы против воли и чуть слышно промолвил он.

Их взгляды встретились в полутемноте. Они превосходно понимали друг друга.

— Ce que je me tue à lui démontrer! {Именно это я устала ему доказывать (фр.).}

Голос у ней как бы перехватило, после чего она добавила:

— Вам, Alexandre, конечно, надо бить на то, на что ваше предводительство дает право.

Александр Ильич ничего не ответил и только сделал неуловимый жест головой. Он не сообщил ей, что визит к ее мужу находился в связи с их разговором. И то, что она ему сейчас сказала о гордости мужа, немного смутило его.

Карета остановилась у широкого подъезда казенного здания. В воротах, помещавшихся рядом, темнела тяжелая фигура дежурного сторожа, укутанного в тулуп.

— Bonjour, Alexandre... Я вас выпущу,— очень ласково крикнула ему Лидия, и лакей захлопнул дверку.

XXV

По лестнице Александр Ильич поднимался медленно. Целая вереница мыслей, связанных с личностью его свояка, Виктора Павловича Нитятко, проходила в его ясной, логической голове; но на сердце у него все еще щемило от тех ощущений, какие заставил его испытать граф Заваров в кабинете князя Мухоярова.

Дом, куда он вступил, лестница, швейцар в ливрее, особый запах казенных помещений высшего разряда настраивали его именно так, как ему нужно было для первого разговора с мужем Лидии.

Нужды нет, что этот "сухарь" и "деловик",— так он называл Виктора Павловича,— с фанаберией смотрит на некоторые звания, о которых мечтает его жена; это показывает только то, что он честолюбив на особый лад... Сам он — человек не салонный, не родовитый и очень хорошо понимает, что ему никогда не блистать в высших сферах. Он попал в ту полосу петербургской служебной жизни, когда наверх выплывают люди, прошедшие чиновничью выучку, или ловкие специалисты, такие, как он, или даже потусклее... Ему, Гаярину, этим смущаться нечего. Строй общества остается тот же... Недостаточно быть чиновником третьего и даже второго класса, надо занять сразу место в том, что составляет всеми признанный высший слой.

"Il faut être de la maison!" {Нужно быть своим человеком при дворе! (фр.).} — мысленно выговорил он на первой площадке и слегка оперся на перила мягко освещенной лестницы, дожидаясь, чтобы первая дверь направо отворилась.

Швейцар уже позвонил в квартиру "генерала", как он называл Виктора Павловича. Днем дверь стояла отворенной. К ней вел снизу ковер, покрытый белым половиком.

Отворил курьер.

— Его превосходительство заняты,— сказал он на пороге.

— Виктор Павлович один? — спросил звонко Гаярин.

— Одни-с.

— Доложите... Гаярин, Александр Ильич... Я на минуту...

И он вошел уверенно в переднюю, длинную и высокую.

Пока курьер ходил доложить, Александр Ильич сам снял шубу, уверенный, что свояк сейчас же примет его.

Он у него не бывал с последнего своего приезда. Тогда Нитятко не занимал еще теперешней должности и жил на частной квартире.

Только казна дает такие громадные помещения. И не алчность заговорила в Гаярине, когда он подумал, что всего этого можно достичь только в Петербурге, а скорее жажда власти, которая сказывается и в размерах квартир и домов, "присвоенных" той или иной должности.

— Пожалуйте!.. Его превосходительство в кабинете!

Надо было пройти огромною залой, освещенною одною висячей лампой, с блестящим паркетом и старинной белой, с позолотой, мебелью вдоль стен.

Кабинет, куда он вошел тихо, притворив за собой тяжелую дверь, был немногим меньше залы, с камином и бронзой александровского стиля; половина мебели отзывалась той же эпохой.

В хозяине Гаярин не нашел никакой перемены, кроме седеющих висков: среднего роста, очень худой в туловище, еще не старый, пепельные бакенбарды, бритое лицо, большие карие, умные и не злые глаза, редкие волосы, зачесанные по моде конца шестидесятых гонов, в двубортном черном сюртуке и темно-серых панталонах. Таким был он, когда влюбился в Лидию, таким и умрет, только поседеет и еще больше согнется.

— Александр Ильич!..

Возглас был радушный. Они обнялись и поцеловались.

— Извините,— начал Нитятко, посадив Гаярина на большой диван,— не заехал к вам... И сегодня не мог...

Он указал рукой на целую стопу бумаг в обложках, лежащую с края письменного стола.

— Понимаю,— ласково отозвался Гаярин.— Мученик долга!..

— Вся эта неделя особенная! Завтра заседание в совете... Надо быть...

— Во всеоружии?

— Именно.

Говорил он высоким тенором, но слабо, как человек не особенно здоровых легких. Определенность выговора отзывалась долгою привычкой выражаться точно, докладывать или делать инструкции подчиненным.

— Позвольте поздравить вас. Душевно рад...

Он еще раз обнял его, слегка дотрагиваясь концами пальцев до обоих плеч.

Александр Ильич только улыбнулся.

— Душевно рад! — повторил Виктор Павлович, и лицо его сложилось сейчас же в условно-серьезную мину, какая обозначала в нем интерес к собеседнику.— Теперь всякому двойственному отношению к вашей личности настал конец,— продолжал он, точно диктуя кому.— Положение прекрасное, и вы имеете все шансы быть замеченным с наилучшей стороны... И есть полная возможность,— подчеркнул он,— служить независимо... Пускай к вам придут впоследствии и будут делать лестные предложения, а не вы станете домогаться... каких-нибудь подачек...

"Вот оно что! — подумал Гаярин.— Ты, мой милый, щеголяешь все тем же чиновничьим фрондерством".

И это ему так не понравилось в свояке, что он сказал, без всяких смягчений, почти резко:

— Между двух стульев зачем же садиться, Виктор Павлович?

— В каком смысле?

— Мне необходимее, чем кому-либо, сразу поставить себя здесь в такое положение, чтобы каждый прикусил язычок.

— Да, кажется, после вашего утверждения об этом и речи быть не может?— спросил Виктор Павлович все с той же условно-серьезной миной.

"Тупица ты,— подумал Гаярин,— или только притворяешься непонимающим?"

Этот прямолинейный карьерист раздражал его: точно будто свояк желал прочесть сейчас нравоучение, чем следует теперь быть ему, Гаярину, какое честолюбие высшего, какое низшего качества.

И заехал-то он к нему, чтобы позондировать немного насчет одного хода, никак не ожидая такого оборота их беседы.

— Этого недостаточно,— смело, но не повышая тона, выговорил Александр Ильич,— мало ли кто может проскользнуть в предводители.

— Нынче — нет, не те времена,— возразил Нитятко и повел губами своего большого болезненного рта.

— Но все-таки, добрейший Виктор Павлович, согласитесь сами, в Петербурге есть одно только общество, дающее тон... и кто к нему не принадлежит, тот все еще, как в картах прежде говорили, под сюркупом!.. Тут происхождения недостаточно, ни богатства, ни даже высокого служебного места...

— Да,— оттянул Виктор Павлович,— вы вот на что намекаете...

"Наконец-то понял!" — воскликнул мысленно Гаярин.

И на губах своего свояка Гаярин уже явственно распознал усмешку, вряд ли для него лестную.

— Что же!.. Откройтесь кому надо... Если не сразу, так в два-три приема добьетесь...

"Обойдусь и без тебя", утешил себя Гаярин. Он почувствовал, что зарвался, показал свои карты слишком скоро, да и не тому совсем, кому следовало.

— Унижаться не буду! — вырвалось у него с движением головы.

— Всякому свое,— сказал Нитятко и отошел к столу.— Только я не понимаю, Александр Ильич, из-за чего вам биться?.. Я, откровенно говоря, разумел вас несколько иначе... Увлечения юности улеглись — прекрасно... Теперь вы здраво взглянули на существующий во всем образованном мире порядок вещей и хотите служить вашей родине, а для того нужна власть, нужно положение.

"Все это я и без тебя знаю",— перебил его Гаярин про себя.

— Власти и признания своих качеств можно добиться и без таких, извините меня, суетных мечтаний... Да и Нина Сергеевна, сколько я ее разумею, далека от всего подобного...

Он хотел прибавить: "Не так, как моя супруга".

Вышла длинная пауза. Через пять минут Гаярин уже сходил с лестницы, и первая его мысленная фраза была:

"И не нужно! Сухарь ты с фанаберией — и больше ничего! Обойдемся и без тебя".

Швейцар, которого он послал за извозчиком, несколько раз сказал ему: "ваше превосходительство".

XXVI

Больше двух часов ездит Антонина Сергеевна по городу. И визиты ее еще не кончены. В Петербурге она только вторую неделю и чувствует уже во всем теле небывалую усталость и беспробудную тоску... Серое небо, улицы, комнаты, гости, выезды,— все давит ее с утра, как только она проснется. Она почти с ужасом замечает, что и дети не скрашивают ей постылой жизни... Видит она их два раза в неделю... С Лили у ней побольше связи, чем с Сережей, но и Лили ускользает от нее. Ничего она в этой девочке не может вызвать — наивного или смелого, никакого трогательного порыва, ни истинно детской ласки. Лили говорит все сентенциями, помешана на "comme il faut" {светских приличиях (фр.).}, уже теперь, в четырнадцать лет, видит себя взрослой девицей и желает, чтобы ее судьба пошла так, а не иначе.

Ни она, ни Сережа — совсем не дети. Сережа — настоящий типичный лицеист, только и бредит той минутой, когда, вместо серебряных петлиц, у него будут золотые и потом появится шпага, при переходе в старший лицейский класс. И он воображает себя чистокровным аристократом, постоянно твердит о превосходительстве отца и не забывает того, что бабушка его — урожденная княжна Токмач-Пересветова. Он не будет кутилой и учится недурно, но лучше бы уже из него вышел повеса, чем тот высокоприличный салонный "службист",— слово, которое она от него же впервые и услыхала.

У ней нет своей воли. Она точно кукла с проволокой, за которую дергает штукарь, сидящий позади кулис, где движутся марионетки... Дергает проволоку ее муж... Для него она здесь останется еще неделю, две, а может быть, и больше... С его знакомыми она должна знакомиться, делать визиты, принимать... У ней нет духу объявить, что она уедет пораньше... Там ей все-таки будет полегче. Но и в губернском городе ждут ее обязанности предводительши.

Давно, еще в деревне, она привыкла называть ненужную трату времени на гостей, выезды и приемы французским выражением "faux frais" {лжерасходы (фр.).}.

И вот она теперь охвачена этими "лжерасходами" и видит, что ничего вокруг нее, в том Петербурге, куда она попала, и нет, кроме "лжерасходов"... Слухи, сплетни, скабрезные истории, благотворительные базары, субботы Михайловского театра, Брианца и Гитри, Фигнер и Медея Мей, обеды, балы, балы, балы, вечера, тройки — без конца...

Хоть бы чуялось что-нибудь грозно-подавляющее, непреклонное в своем давлении, по крайней мере, она испытала бы сильную горечь или страх, или в душе ее произошел бы подъем самых дорогих ее верований!.. Но и этого нет!..

А муж ее ведет шахматную игру, и каждый его выезд рассчитан. В ней развилась необычайная чуткость... Без расспросов она знает, зачем ему то или иное влиятельное лицо, с каким расчетом едет он на раут или с визитом к такой-то барыне...

От нее он ничего не требует, но она как бы не вправе отказаться от выездов и приемов.

И ни одному живому существу не может она открыть свою душу... Кузина просто жалка ей,— до такой степени она вдалась в какую-то дурь, в то, что французы-психиатры называют "manie raisonnante" {пристрастие к умствованиям (фр.).}. Для нее, когда она приехала, непостижимо было, как могла эта милая женщина, развитая, искавшая всегда деятельного добра, в каких-нибудь два года уйти в свою "теозофию".

Но теперь она начала понимать: Петербург сделал это и отсутствие сердечного лада в доме. Муж давно охладел к ней, и все знают, что он поддерживает актрису, француженку, роскошную блондинку. Антонине Сергеевне сама княгиня в театре назвала ее на ухо:

— La bonne amie de mon mari!.. {Подружка моего мужа!.. (фр.).}

И переселись она с Александром Ильичом сюда. через два-три года явится такая же француженка или одна из гулящих барынь, и она также ударится во что-нибудь, вроде религии виконта Басс-Рива, несомненного пророка для ее кузины.

На углу Симеоновской и Литейной Антонина Сергеевна что-то вспомнила и повернула костяную пуговку звонка.

Кучер остановил лошадей, лакей соскочил с козел и отворил дверцу.

— Вы куда едете? — спросила она торопливо.

— Вы изволили приказать на Сергиевскую.

— Нет, я ошиблась. На Гагаринскую. Теперь есть уже пять?

Лакей посмотрел на свои часы.

— Без четверти пять.

— Так, пожалуйста, на Гагаринскую!

Она сказала ему номер дома и, откинувшись в глубь кареты, ощутила прилив брезгливого чувства, близкого к стыду.

К кому она ехала с визитом и даже торопилась, зная, что это день той барыни и она ее непременно застанет и у нее — целое общество?

К Лушкиной! К Анне Денисовне Лушкиной, проводящей всегда конец зимы здесь, в постоянной квартире, на Гагаринской.

Иначе нельзя было сделать. Лушкина приезжала к ней несколько раз, звала обедать. Антонина Сергеевна отказалась. Но муж ее обедал, и она прекрасно поняла, что после этого обеда Александр Ильич имел, вероятно, через Лушкину с кем-то конфиденциальный разговор, нужный ему для главной цели его поездки.

Недаром сказал он про нее мимоходом:

— Cette commère est très habile! {Эта кумушка очень ловка! (фр.).}

Он уже заметил слегка Антонине Сергеевне, что нельзя без причины манкировать своим знакомым, и напомнил ей, еще сегодня, за завтраком, что у Лушкиной, по четвергам, "five o'clock tea". Сам он к ней заедет пораньше, сделает "une visite de digestion" {Чаепитие в пять часов (англ.). ...пищеварительный визит (фр.).}.

Вот она и ехала теперь на этот "five o'clock". Дальнейшего знакомства с Лушкиной не избежать ей и в губернском городе... И с этим, и со многим другим надо мириться.

Лакей высадил ее из кареты. Лушкина жила во втором этаже, в доме старинного устройства, с узкими лестницами и сводчатым потолком сеней.

И передняя не имела барских размеров. Но в ней сидели уже три выездных, в больших медвежьих воротниках. Дверь в залу была притворена, и лакей растворил половинку и пропустил, но докладывать не пошел.

Первая комната, род продолговатой залы, была наполнена разными ценными вещами: и на стенах, и вдоль стен, и даже посредине комнаты стояли и висели картины, вазы, консоли, бронзовые вещи, в таком количестве, что комната смотрела аукционной залой.

"Ну, да,— подумала Антонина Сергеевна,— она — ростовщица, это все заложенные вещи или оставленные закладчиками без выкупа".

И она вспомнила, что еще на днях у кузины офицер рассказывал про одного известного художника: как жиды дали ему адрес "ростовщицы", у которой есть редкие жирандоли "Louis XVI", как его встретил сын Анны Денисовны и художник чуть не спросил его: "Здесь живет закладчица?"

Но все ее принимают и все ездят к ней.

Из следующей комнаты, гостиной, доносился громкий разговор, где женские голоса преобладали.

Антонина Сергеевна замедлила шаги. Если бы у ней хватило духа, она убежала бы отсюда, не поздоровавшись с хозяйкой.

Но к ней навстречу выбежал Нике, в голубых панталонах и такой же жакетке, с розовыми щеками и красным ртом, еще более противный, чем три недели назад, когда она его видела у себя в дворянском мундире.

— Ah!.. Chère madame! Maman sera enchantée! {Ах!.. Дорогая сударыня! Матушка будет в восторге! (фр.).} Наконец-то

Нике жал ее руку обеими руками и масляным взглядом приторно ласкал ее. Они стояли посредине комнаты.

— Сколько у вас вещей! — не могла она не сказать и пожалела, что фраза у ней вышла слишком проста.

Он не пожелал понять намека и, сделав круглый жест правою рукою, заговорил очень развязно:

— Nous adorons, maman et moi... les belles choses!.. Главный эксперт я,— проговорился он и указал на угол, ближайший к гостиной,— вот это мои два шкапчика... Les bibelots et les livres!.. {Мы с матушкой обожаем красивые вещи!.. Безделушки и книги!.. (фр.).} Я разоряюсь на редкие издания и переплеты. Вы к этому равнодушны? А я отдам все за настоящий эльзевир!..

Но он не подвел гостью к шкапчику, где у него было

замечательное собрание непристойных книг, старых и самых новых, какие печатаются тайком в Париже и совершенно открыто в Брюсселе.

Не выпуская руки Антонины Сергеевны, Нике повел ее в гостиную и на ходу крикнул в дверь:

— Maman! Cette chère madame Gaiarine!.. {Матушка! Наша дражайшая сударыня Гаярина!.. (фр.).}

XXVII

Лушкина обняла гостью, и прикосновение ее жирного тела, от которого пахло рисовою пудрой, заставило Антонину Сергеевну брезгливо вздрогнуть. Шумно представила ей хозяйка дам, сидевших около чайного столика с тремя этажерками. Серебро и фарфор, вазы с печеньем, граненые графинчики покрывали столик разнообразным блеском. В свете двух больших японских ламп выступали ценные вещи со стен и изо всех углов: их было так же много в тесноватой гостиной, как и в зале.

Дамы — фамилии их Антонина Сергеевна сейчас же забыла — держались как близкие приятельницы Лушкиной. Все три были под сорок лет. Одна, густо покрытая пудрой, сухая, с молодою талией, в темном; другая подводила глаза и красила губы, полненькая, с накладкой на лбу, нарядная, распространяющая вокруг себя запах духов Chypre; {}Шипр (фр.). третья — помоложе, менее болтливая и резкая в манерах, курила и то и дело наводила длинный черепаховый лорнет на молодого человека, сидевшего рядом с ней, совсем женоподобного, еще безбородого и подзавитого, в открытом "смокинге" с шелковыми отворотами.

Было тут еще двое мужчин: офицер в желтом воротнике и студент, при шпаге, черноватый, тонкий и очень развязный. Он прислуживал полненькой даме с крашеными губами и запахом Chypre.

Пушкина представила и мужчин.

— Chère, chère,— говорила она Антонине Сергеевне, усаживая ее между дамой с лорнетом и сухой блондинкой с лицом, покрытым пудрой,— как я на вас сердилась, как сердилась! Не хотели тогда приехать обедать. Сказались больной! C'est vieux jeu, le truc des migraines! {Дорогая, дорогая... Она уже устарела, эта уловка с мигренями! (фр.).}

— J'ai la migraine!— произнес глухим голосом Нике, и все рассмеялись, узнав интонацию, с которой ingénue произносит эту фразу в комедии "Le monde où l'on s'ennuie" {У меня мигрень!., инженю... "Мир, где скучно" (фр.).}.

Этот смех, весь тон гостиной, запах пудры и крепких духов, вид молодящихся барынек рядом с очень молодыми людьми, что-то дрябло-порочное и хищное охватило Антонину Сергеевну гадливым чувством. И приятельское, почти фамильярное обращение Душкиной поводило ее всю.

— Ее муж,— кричала Пушкина, указывая на Гаярину,— гораздо милее... Не правда ли, mesdames, ее муж... Александр Ильич — один восторг?

— О да! — откликнулись все три дамы, обедавшие у Лушкиной с Гаяриным.

Сердце у Антонины Сергеевны явственно защемило. Она ничего не могла сказать и только оправляла нервно вуалетку шляпки.

Нике поднес ей чашку чаю и спросил:

— Est-ce assez sucré, madame? {Достаточно ли сахару, сударыня? (фр.).}

Она даже ничего ему не ответила. Ей захотелось сейчас же убежать из этой гостиной, где ее муж находил нужным бывать для своих комбинаций. Салона Лушкиной она не могла переносить, просто физически не могла. Но бежать сейчас, не посидев хоть десяти минут, невозможно — вызовешь какую-нибудь выходку хозяйки.

— Est-ce sucré, madame? — повторил Нике.

— Oui {Сахар добавлен, сударыня? Да (фр.).},— пролепетала она и стала размешивать сахар.

Ее приход прервал шумный разговор, и она почувствовала, что им всем при ней сделалось неловко. Она не подходила ни к их жаргону, ни к общему настроению этих стареющих грешниц, возбужденных скабрезным разговором с очень молодыми мужчинами. В воздухе гостиной носилось нечто сродни тем книжкам, которые Нике хранил в одном из шкапчиков залы, в дорогих художественных переплетах.

— Так как это... под какую корку? — спросил безбородый блондин в смокинге у офицера.— Ребров... повтори, пожалуйста...

— Мы под лимонную корку красили, ваше степенство, а вам угодно под померанцевую...

— Под лимонную корку!— разразился Нике и закачал, стоя, своим туловищем.— C'est épatant! {Вот это здорово! (фр.).}

И все разом расхохотались; только новая гостья сидела с поникшей головой и вздрагивающими от нервности пальцами помешивала в чашке.

Но она поняла все-таки, что это такое. Уже не в первый раз, в этот приезд, она замечала, что везде, где она бывает,— модная забава: подыскивать "словечки", вычитывать их из юмористических листков, может быть, сочинять, передавать друг другу, записывать, как когда-то записывали рецепты для варки варения или соленья грибов.

Вот и эта "лимонная корка" подслушана, вероятно, у какого-то маляра, если не выхвачена из русских "nouvelles à la main" — листка мелкой прессы.

Что могла она вставить своего в такой разговор?

Но Лушкина, с слезинками на масляных глазах от припадка смеха, круто повернула короткую красную шею и спросила через всю комнату безбородого молодого человека:

— Так вышел большой скандал на этом обеде?

По тону вопроса Гаярина поняла, что перед ее появлением в гостиной зашла речь о каком-то обеде, и сейчас вспомнила прочитанные ею накануне подробности этой годовщины. После одной речи, к десерту, сказанной в духе протеста против возрастающей расовой нетерпимости, нашлись участники обеда, поднявшие крики и шиканье. Это известие особенно огорчило Антонину Сергеевну. В ней жило всегда особое, почтительное чувство к университету, к студентам, к тем, кто получил высшее образование, "настоящее", как она выражалась, а не в привилегированных, сословных заведениях. Ничего подобного она не могла ожидать, даже и в то время, которое тянулось вокруг нее так томительно-печально, среди пляса и сутолоки зимнего петербургского сезона.

Вопрос Лушкиной заставил ее встрепенуться и поднять голову.

В безбородом штатском она начала распознавать бывшего воспитанника того заведения, где теперь ее Сережа. Это сказывалось во воем, от прически до позы и отворотов его смокинга.

— Небывалый скандал! И в газетах некоторые репортеры...— говорил он картаво, растягивая слова,— полибералъничали и написали, что шикающих было два-три человека... Il y avait une minorité, presque la moitié... {Было подавляющее меньшинство, почти половина... (фр.).}

— И я тоже слышал,— подтвердил офицер в желтом воротнике и кивнул головой студенту.

Посмотрела на студента и Антонина Сергеевна. Она, как только вошла, подумала: "Хорош должен быть приятель сынка Анны Денисовны". Студент, на кивок офицера, повел губами и выговорил:

— И я бы шикал!

— Я слыхал,— оживляясь, рассказал офицер,— что протокол требовали составить.

— Как протокол?— спросила Гаярина, и тон ее вопроса показывал, до какой степени она поражена этим фактом.

— Очень просто,— объяснил ей студент,— требовали, чтобы те спичи, которые стольких возмутили, были записаны.

— Зачем?— перебила Антонина Сергеевна.

Она начала краснеть. Руки ее, державшие чашку, вздрагивали.

— Mais, madame,— вразумил ее с усмешечкой умника безбородый молодой человек.— Pour avoir cela par écrit... Schwarz auf weiss... {Но, сударыня... Чтобы иметь это в письменном виде... (фр.). Черным по белому (нем.).}

— Это...— Гаярина от волнения искала слов,— это... на таком обеде?.. Где все бывшие студенты?

— Chère Антонина Сергеевна! — крикнул Нике, стоявший позади кресла своей матери.— Vous n'êtes pas fin de siècle. По крайней мере, on a le courage de son opinion!.. Ventrebleu! {Вы словно бы не живете в конце века. Теперь не боятся иметь свое мнение!.. Черт возьми! (фр.).} А прежде только напивались и пели бурлацкие песни.

— Безобразие! — выговорил студент и повел плечами.

Как захотелось ей подойти к этому студенту, взять за уши и отодрать их. Но она, тотчас же после этого взрыва негодования, испугалась. Разве можно выдавать себя в гостиной Анны Денисовны Лушкиной при этих барынях и молодых людях?

Напротив, она должна быть благодарна разговору о скандале на обеде; студент дал ей вернейшую ноту того, во что теперь уходит Петербург и люди высшего образования.

"Протокол писать хотели,— мысленно повторяла она, и в глазах ее показался блеск; они переходили от одной антипатичной для нее физиономии к другой.— Протокол!.. Schwarz auf weiss... В участок снести! Чтобы сейчас же привлечь к ответу изменников своего отечества, дерзнувших говорить в духе терпимости!"

Горло ей уже сдавливал спазм. Начни она говорить, она не удержалась бы от негодующих возгласов. Она быстро встала, поставила недопитую чашку на мозаичный консоль и выговорила быстро и сухо:

— Я должна ехать!

Пушкина с сыном стали ее удерживать, шумно, фамильярно; но она, после общего поклона остальным гостям, скоро-скоро прошла залой, не слушая, что ей говорил вдогонку Нике, пошедший проводить ее до передней.

Только в карете она перевела дух и опустила окно. Горло продолжало сжимать, и вся кровь прилила к голове.

XXVIII

Никто не знал, куда Антонина Сергеевна отправилась после обеда, часам к восьми.

Она не взяла выездного и приказала везти себя к Александрийскому театру.

Еще три дня назад она прочла в газетах, что в пользу "Фонда" будет вечер в зале Кредитного общества, посвященный памяти умершего, за год перед тем, знаменитого писателя. В программе значилось до восьми номеров: были стихи, воспоминания о покойном, краткий биографический очерк, несколько отрывков в исполнении литераторов и двух актеров. Она в тот же день заехала в книжный магазин и взяла себе одно место.

Кузине она не желала говорить, приглашать ее с собою.

От нее она уже слышала фразу:

— Писательские поминки! Одно и то же... Cela n'a pas de prise sur moi... {Это уже не действует... (фр.).}

Не так давно кузина ставила себе в достоинство интерес к умным вещам, с передовым оттенком, ездила на публичные лекции, даже в Соляной Городок, где уже совсем не бывает светских людей. И не то чтобы она чего-нибудь испугалась, но "cela n'a pas de prise" на нее; она ищет другого, ее увлекает "теозофия" и книжки парижского и лондонского необуддизма, у ней свои умники, вроде философа Тебетеева.

Кучеру Антонина Сергеевна назвала дом Кредитного общества, когда карета уже заворачивала с Невского.

К ней вернулось молодое чувство запретного плода. Для нее, в ее теперешнем положении, это была "une escapade", как выразилась бы Елена Павловна. И в то же время грусть, какую знают люди, не желающие стареть и дурнеть, проникла в душу. Она сознавала, что со всем этим надо окончательно примириться, не нынче, так завтра.

Когда швейцар подошел высадить ее из кареты, она оглядела подъезд и увидала, что публика прибывает, и пешая, и в санях. Сейчас чувствовался большой сбор, и это ее сразу настроило храбро и возбужденно.

Она выскочила на тротуар, запахиваясь в свою меховую ротонду, и быстрым, молодым шагом пошла по сеням, между двух рядов вешалок, отдала ротонду этажом выше и стала медленнее подниматься по лестницам, с одной площадки до другой. Ее обгоняли или поднимались позади ее группы мужчин и женщин. Публика была скромная, много девушек, без куафюр, в просто причесанных волосах и темных кашемировых платьях, молодые люди в черных парах, студенты университета и академии, но не мало и пожилых, даже старых мужчин, с седыми бородами, лысых, худых и толстых, с фигурами и выражением лица писателей, художников и особого класса посетителей публичных чтений и торжеств, существующего в Петербурге. В этой публике она замечала нечто совсем не похожее на то, чем она здесь окружена с утра до вечера... И эта публика не носила на себе печати задорных замашек в туалете, прическе, манерах, как двадцать лет назад. Она была, в сущности, очень приличная и сдержанная, но не равнодушная, без скучающих лиц и вялых разговоров,— все шли на что-то особенное, на "поминки", каких давно не бывало.

Гаярина предвидела с радостью, что никаких светских знакомых дам она не встретит; из мужчин, может быть... От мужа она не скрыла бы употребления своего вечера, но ей не хотелось никакого разговора о том, куда она собиралась. Довольно она наслушается всяких разговоров со стороны.

У входа, где продавали билеты, столпилась целая стена. Двое мужчин еле успевали сдавать сдачу и принимать бумажки. Не одни дешевые места разбирались очень ходко. Гул голосов и общее возбуждение охватили ее.

Зала, белая и мягко залитая светом, уже на две трети наполнилась, но публика все прибывала. Негромкий, переливчатый гул шел по рядам.

На эстраде высился белый пьедестал с бюстами, окруженный растениями. Там тоже стояли несколько рядов стульев, наполовину уже занятых. У самого края помоста стол, покрытый зеленым сукном, с графином и стаканом.

Это обычная обстановка всяких чтений и торжеств была

для Антонины Сергеевны новостью. Она не могла припомнить, случалось ли ей во всю ее жизнь попасть, в Москве или Петербурге, на вечер с таким именно характером. В Петербурге она провела детство и часть девических годов; тогда ее в такие места не возили; потом деревня, знакомство с Гаяриным, любовь, борьба с родителями, уход замуж и долгие годы обязательного сиденья в усадьбе.

Только раз, уже не так давно, в Москве, куда она стала попадать чаще, с тех пор, как они живут в губернском городе, привелось ей быть в университете, на утреннем заседании, где читались стихи, статьи и отрывки в память одного московского писателя. Она ожила на этом сборище, публика показалась ей чуткой и восприимчивой, от стен актовой залы веяло приветом старого наставника. Она представляла себе, как должен был говорить со своею аудиторей Грановский: личность его оставалась для нее полулегендарной.

Здесь ярче чувствовалась столица. Зала сообщала ей более строгое и серьезное настроение. Первые ряды кресел пестрели лицами и фигурами пожилых людей с положением, что сейчас было видно. Она даже удивлялась, что на такой вечер собралось столько мужчин, наверное, состоящих на службе, и собралось не случайно, а с желанием почтить память любимого писателя, помолодеть душой, пережить еще раз обаяние его таланта и смелого, язвительного протеста.

У стен толпились не получившие номерованных мест. Два распорядителя в белых галстуках бегали по проходу.

Час начала, указанный в программе, уже прошел... Но публика еще не совсем разместилась, и гул разговоров все поднимался и поднимался.

В четвертом ряду Антонина Сергеевна сидела между молодою женщиной, худенькой и нервной, в белом платье, и полным артиллерийским полковником. Тот беспрестанно наклонялся к своей даме,— вероятно, жене — и называл ей фамилии литераторов, художников, профессоров на эстраде и в рядах публики. Он делал это довольно громко, и она невольно смотрела в сторону, в какую он кивал головой или показывал рукой.

Она никого не знала в лицо.

Но вот все притихло. На эстраде, у столика, показалась видная фигура старика с седою бородой и волосами, причесанными, как чесались лет сорок тому назад. Антонина Сергеевна видала его портрет, похожий, с верно схваченным выражением, и захлопала.

Она любила этого поэта. На его призывах к борьбе и правде воспитывались в ней ее тайные упования. Александр Ильич в первые дни их знакомства читал ей вслух его стихотворение, затверженное наизусть всей тогдашней молодежью.

Вот он уже в преклонных летах, не моложе того покойника, чье чествование собрало их сюда, если не старше. Но он еще не дряхлый старик. Голова с народным обликом не утратила еще своего благообразия, в глазах блеск, мягкая, вдумчивая усмешка придает тонкость выражения красивому рту.

Стон рукоплесканий и кликов встретил давнишнего любимца публики. И старые, и молодые голоса слились в один аккорд.

Благообразный старец кланялся, привставал с кресла, опять садился и не мог несколько минут начать свое чтение, растроганный этим взрывом не изменяющих ему симпатий.

Антонина Сергеевна слушала в таком волнении, что не могла почти схватывать содержания, но когда он кончил, еще горячее начала хлопать, а вызовы вокруг нее и сзади раскатами ходили по зале и заставили ее забыть, откуда она попала сюда.

XXIX

Но еще горячее был прием другому читавшему о покойном, не старому, с истою наружностью петербургского литератора. Она когда-то восхищалась его статьями. Александр Ильич ставил его высоко лет десять назад, а теперь никогда и не называл его.

И после чтения крикам и вызовам не было конца.

Когда Антонина Сергеевна встала и обернулась лицом к публике, то ей вдруг почудилось, что это тот Петербург, о котором она мечтала долгие годы, что идет все та же полоса жизни, что ничто не мешает ей слиться с этой массой, не утратившей никаких верований и упований, ничем не поступившейся в своих заветных идеалах.

В антракте, между двумя отделениями вечера, она двинулась за толпой к выходу. И так ей захотелось встречи с "хорошим человеком", искреннего разговора, захотелось самой излиться, слушать что-нибудь молодое и смелое, убедить себя, что не все еще погибло, что не обречена она весь конец жизни бродить среди "повапленных гробов" — эти слова сейчас только были произнесены с эстрады.

В комнате рядом с передней, где курили, она присела на один из боковых диванов.

Не прошло и двух минут, как ее окликнули.

— Антонина Сергеевна! Вас ли я вижу?

Сразу она в слабо освещенной комнате не узнала Ихменьева и удивилась, что он здесь, в Петербурге.

— Как я рада! — вырвалось у нее.— И вы...

Она не договорила.

Ихменьев поместился подле нее, все такой же сгорбленный, с красным носиком, в неизменной черной паре, и так же перевил ноги и стал утюжить ладонью одно из колен.

— Вас пустили?— тихо и быстро спросила она.

— На две недели. Генерал Варыгин что-то стал любезен,— говорил он несколько в нос, что у него всегда выходило, когда он понижал тон.— Должно быть, вашего тут меда было, Антонина Сергеевна.

— Моего? — переспросила она и смутилась.

Перед Ихменьевым ей было стыдно. Он имел право смотреть на нее, как на трусливую и двоедушную барыньку, тайную сообщницу теперешних видов и посягательств своего супруга.

— Я так смекаю. А на меня вы не пеняете за то, что я больше к вам не являлся? Так, право, лучше будет.

Ей надо было переменить разговор.

— Какой вечер! — тихо воскликнула она.— Я так рада, что попала. Просто глазам не веришь.

— Мираж, Антонина Сергеевна, мираж.

— Как мираж? — почти с болью в голосе выговорила она.— Посмотрите на молодую публику. Эти вызовы, овации...

— Ни к чему, ни к чему!..

— Ни к чему? — переспросила она и не стала возражать.

Сердце у ней сжалось и в голове пошли опять роиться печальные мысли.

— Разве это напускное? — чуть слышно спросила она под топот густой толпы, двигавшейся взад и вперед по комнате.

— Кто говорит, напускное: — ответил Ихменьев, понижая тон.— Ах, Антонина Сергеевна, изверился я в овации, в крики и вызовы! Дешевый это товар. Везде кричат, всем делают овации. Завтра половина этой самой молодежи будет бесноваться и выкатывать господина Фигнера и госпожу Медею Мей до изнеможения. Настоящий-то Петербург вы теперь познали,— тот, где ваш муж начинает свое поступательное движение...

— Зачем вы это говорите?

У ней чуть не навернулись слезы.

— Зачем? Хочу помочь вам стряхнуть с себя ненужные, старомодные иллюзии. С ними вам придется невмоготу.

Он еще никогда не был с нею так смел. Она притихла и слушала.

— Извините, что я такие вещи задеваю... Жалко мне вас до чрезвычайности, Антонина Сергеевна, давно жалко... Знаете, там, в губернии, наш брат слишком с собой носится, мнительность, обидчивость в себе развивает, и разговоры-то ведет все паскудно-субъективного характера. А в настоящий момент я про себя не думаю и не пожелаю вам докучать... Вас мне жалко!.. Вот вы попали сюда, голова закружилась, "забытые-то слова" зазвучали у вас в ушах, вся душа затрепетала... и вы готовы верить, что возрождение общества таится под пеплом, что оно близко? Мираж! Это я вам говорю, а мне выгоднее было бы уверять вас, что вы не ошибаетесь... Изведете вы себя, и больше ничего. Вам борьба не по силам...

ни с Александром Ильичом, ни с тем миром, куда он окончательно вступил.

"Не по силам",— повторила она мысленно и еще ниже опустила голову.

Толпа продолжала гудеть около нее, но связь с нею уже пропала... Ей стало так горько, что она взглянула на Ихменьева и не могла воздержаться от слов:

— Зачем так добивать!

— Простите!.. Лучше! Мне спасибо скажете. На вашем месте я отводил бы душу одним путем...

— Каким? — стремительно спросила она.

— Пользоваться вашими связями и, когда можно, помочь горюну... не мне,— оговорился он с усмешкой.— Я за себя клянчить не буду... Есть не мало людей в миллион раз худшем положении... Я совсем начистоту скажу... Мужу вашему перед вами совестно... Он не будет злобствовать, если вы, помимо его, облегчите участь икса или игрека... Ведь, если я не ошибаюсь, сестра ваша за господином Нитятко?

— Да.

— Чего же лучше! Вы в каких с ним отношениях?

— Мне с ним еще ловчее, чем с другими. Он недурной человек.

— И мы о нем так же наслышаны.

Переждав с минуту, когда их конец комнаты стал пустеть, Ихменьев тут же рассказал ей целую историю, назвал имя "горюна", дал ей несколько советов, какими "подходами" надо действовать.

— Зачем вам карты свои выкладывать? — говорил он, когда комната совсем уже опустела.— Храните свой символ веры, но не отдавайтесь на съедение, ведите свою линию втихомолку.

— Я и так замолчала!

— Пользуйтесь всеми этими людьми и не пугайте их. В губернии супруг ваш долго не останется... Он летит выше!.. И прекрасно! Сердцем вы никогда не очерствеете. А у горюнов будет еще одна умелая заступница... Одних чувств мало,

Антонина Сергеевна, надобны связи, возможность пускать в ход машину...

Он протянул ей руку и пожал и тотчас же поднялся.

— Простите! Из-за меня опоздали на второе отделение... Да теперь уже господа лицедеи будут читать... И их станут выкатывать! Уже не в память о покойном, а за то, что позабавили.

Встала и Антонина Сергеевна, и в залу ее больше не тянуло... Разговор с Ихменьевым лег новым пластом на ее душу, но она смутно сознавала, что он прав. Так умно и смело никто еще за нее вслух не думал.

XXX

В карете ей пришла мысль проехать к сестре. Она могла еще застать ее, если даже она и собралась куда-нибудь на вечер: раньше двенадцатого часа Лидия не выезжала.

И муж ее, наверное, дома.

Разговор с Ихменьевым заставил ее подольше остановиться мыслью на личности Виктора Павловича Нитятко и своих отношениях к нему.

Он сух и, на ее взгляд, ограничен, но не суетен, не зол, любит свою жену, с затаенной страстностью сильного характера, считается "образцово честным" человеком, работящ донельзя. И через него можно делать добро.

Но только это добро надо делать умеючи, выжидать благоприятной минуты, знать, в каком тоне говорить.

А она сознавала, что в ней нет никакого умения ладить с такими людьми... Она жизнь свою провела в преклонении перед одним человеком и хранила в душе трепетную веру в его идеалы, сторонилась всего, что было враждебно ее символу веры, и теперь, накануне полного нравственного банкротства, чувствовала себя беспомощной выйти из колеи, как женщина своей эпохи, как любящая жена и мать.

Так или иначе надо жить! Она не уйдет от мужа. Да и

какой мотив, серьезный в глазах всех, кто будет судить ее поведение, выставит она?.. То, что Александр Ильич, взявшись за ум, желает попасть в сановники и поскорее загладить грехи юности?.. Об этом ей не с кем слова сказать по душе: ни с матерью, ни с сестрой, ни даже с кузиной, ни с кем из тех, кого они будут принимать у себя и к кому ездить. И она видит вперед, что через год, много через два, муж ее очутится в Петербурге... Почетная должность в губернском городе — только переходная ступень. Не будет ли ей здесь полегче? Она может отказываться от выездов, выговорить себе тихий образ жизни, быть ближе к детям, создать себе свой внутренний мирок. В губернском городе они постоянно с глазу на глаз. Там она — первая дама в городе.

Но и здесь...

Антонина Сергеевна не могла решить, где ей будет хуже, где лучше. Да и томительно ей стало заниматься одной собой, своим душевным довольством. Может быть, она посмотрела на все слишком односторонне?.. Литературный вечер, с какого она ехала такою подавленной и унылой, дал же ей вначале совсем другое настроение. Его рассеял разговор с Ихменьевым...

Так ли все печально и безысходно? И не тот ли самый Ихменьев указал ей на деятельную роль — помогать "горюнам", пользоваться связями, делать тихое, скрытое добро, для которого нужна настоящая выдержка и гражданская доблесть?

Да и на мужа разве она не может влиять, если будет вести себя с тактом, если помирится с тем, что уже есть?

Ей припомнился во всех подробностях визит мужа к ее матери, то, что и как говорил он князю Егору Александровичу. Ведь честолюбие ее мужа, предполагая, что в нем действует только одно честолюбие, все-таки выше сортом, чем брюзжанье князя, его надменное равнодушие к своему отечеству!..

Этот разговор возбудил в ней надежду, вызвал упрек себе за слишком придирчивое отношение к мужу. Она еще раз устыдилась сцены, бывшей в ее комнате, перед выборами. Последняя неделя в Петербурге истерзала ее... Лушкина, ее гости, тон и колорит разговоров, едкое чувство душевного одиночества, дети, их выправка, против которой она уже бессильна,— все это требовало отпора, воздействия, активной роли, или приходилось отказаться и ей от своего прошлого и обречь себя на страдательное прозябание, полное презрительного чувства к самой себе...

Голова ее горела, когда карета остановилась у подъезда здания, где муж Лидии имел такую обширную казенную квартиру.

От швейцара она узнала, что господа дома и собираются ехать на вечер.

Их экипаж уже дожидался у подъезда.

— И Виктор Павлович едет?— спросила она швейцара.

— Так точно.

Было уже половина двенадцатого.

— Лидия Сергеевна одеваются,— доложил ей курьер.

— А Виктор Павлович?

— Они в кабинете... Сейчас тоже будут одеваться.

К Лидии она прошла через несколько больших, захолодевших комнат, с сухою отделкой, и застала ее в спальне, перед трюмо. Горничная укалывала ей что-то на корсаже.

Ее пышные плечи и белая твердая шея выставлялись из плюшевого лифа темно-золотистого цвета. Коса лежала низко, в волосах, слева от пробора, трепетно искрилась брильянтовая булавка, в виде мотылька, с длинными крыльями.

Появлению сестры Лидия не удивилась, занятая осматриванием туалета и прически.

— Мы едем,— сказала, подставив ей на секунду свой красивый лоб.

— Я вас не задержу,— выговорила Антонина Сергеевна, почти сконфуженная, и присела на табурет.— И муж твой едет?

— Он еще за бумагами... Довольно! Можете идти,— сказала Лидия горничной и взяла на туалете маленькую пуховку.

Горничная вышла.

— Ты разве хочешь с ним говорить?.. По делу?

— Почему же?— почти испуганно выговорила Антонина Сергеевна.

— Я его насилу вытащила... C'est stupide de travailler comme cela... Да. Но только Виктор Павлович хоть и будет сановником, а все-таки il n'a pas de charge honorifique... {Это глупо так работать... у него нет почетного титула... (фр.).}

Лидия немного выпятила губу.

— Ты что же этим хочешь сказать? — спросила ее сестра, догадываясь, куда она клонит.

— Ах, Нина, ты все в своих идеях... Пора их бросить! Мой муж тоже с какими-то scrupules {угрызениями (фр.).}, которых я не признаю... Идет в гору. И не добивается всего, на что он имеет право. Ты понимаешь. On n'est pas du vrai monde, ma chère, quand on n'est pas de la maison {Ты не принадлежишь к высшему свету, моя дорогая, если ты не свой человек при дворе (фр.).},— и она сделала жест.— Вот твой муж это прекрасно понимает.

— Мой муж?

— Разумеется... Он с Виктором Павловичем говорил на той неделе... когда проводил меня. Разумеется, Нитятко и на это не подается... Я думаю, Александру Ильичу даже неприятно, что он через него хотел sonder le terrain... {позондировать почву (фр.).} и высказал ему...

В ушах Антонины Сергеевны зазвенело. Испарина выступила на лбу. Гаярин скрыл от нее этот подход к мужу Лидии. Вот настоящая цель его поездки. Он рассчитывает вернуться домой в мундире, дающем ход "dans le vrai monde" {в высшем свете (фр.).},— повторила она фразу Лидии.

И ей стремительно захотелось пойти в кабинет Виктора Павловича не затем, чтобы подготовить почву для просьб о "горюнах" Ихменьева, а чтобы узнать, правду ли говорит Лидия.

— Твой муж еще работает? — спросила она, подавляя дрожь голоса.

— Ce serait du propre! Он должен быть готов. Я посылала уже сказать ему... Двенадцать часов! Va lui dire bonjour {Это было бы слишком! Иди поздоровайся с ним (фр.).} и поторопи его... Мне еще надо... Эта ужасная Паша вечно что-нибудь забудет.

Лидия позвонила и начала искать что-то на туалетном столике.

— Да, я пойду к нему... Я его не задержу,— растерянно говорила Антонина Сергеевна,— я и тебе мешать не буду... Прощай, Лидия.

— Ты не зайдешь еще?

— Зачем же?

Они сухо поцеловались. Антонина Сергеевна торопливо вышла, по дороге столкнулась с горничной и спросила ее, как пройти в кабинет Виктора Павловича. Горничная довела ее до площадки, где прохаживался курьер с огромными черными бакенбардами.

— Его превосходительство изволят одеваться. Я сейчас доложу.

Через минуту он вернулся.

— Они вас просят... Готовы-с.

В кабинете своего шурина она никогда еще не бывала.

XXXI

— Ах, Антонина Сергеевна, как это досадно, что вы изволили пожаловать сегодня.

Он быстро встал от письменного стола, где лежали опять два вороха бумаг. Во фраке, со звездой, он смотрел представительнее. Его немного хмурое лицо всегда нравилось ей.

— Извините, Виктор Павлович, я на минутку... Хотела пожать вам руку... Лидия что-то еще поправляет в своем туалете.

— Не угодно ли присесть хоть на минутку?

Вопрос, с которым она пришла к нему, жег ей язык, но она не могла начать именно с него, без всякого подхода.

— С моим мужем вы уже виделись,— сказала она и удивилась, что у ней вопрос этот вышел так непринужденно.

— Как же, как же!

Виктор Павлович как будто усмехнулся,— по крайней мере, ей так показалось.

— Вас не стесняет моя папироса?— спросил он.

— Нисколько!

А вопрос продолжал мозжить ее. Хитрить она решительно не умела.

— Мне Лидия что-то говорила, Виктор Павлович... У ней не хватало слов...

Он уперся в нее глазами

человека, только что просмотревшего несколько десятков бумаг.

— Ах да!..

И лицо его сейчас же изменило выражение. Глаза стали менее тусклы, рот сложился совсем иначе.

— Насчет... Александра Ильича... Вам должна быть известна... его тайная мечта.

Губами он сделал мину, от которой ее бросило в краску.

Это чувство она могла объяснить себе стыдом за мужа, но к стыду присоединялось и другое, она готова была защищать мужа, выставить его перед этим честным и скромным тружеником в самом выгодном свете. Любовь к мужу еще не выели итоги последних недель.

— Тайная мечта? — смущенно и глухо переспросила она.

— Да,— протянул он и закурил папиросу.— Александра Ильича, я признаюсь, считал выше тех, кто гонится за побрякушками. Душевно рад, что он теперь на таком почетном посту... И в губернии поставил себя чрезвычайно выгодно... Здесь, в министерстве, на него радикально изменили взгляд... и его утверждение прошло без запинки... Понимаю его желание — зарекомендовать себя с наилучшей стороны и воспользоваться предводительством для дальнейшего хода... Но сейчас добиваться того, что имеют столько ничтожных, пустых шаркунов...

Он остановился, поднял голову и потише спросил:

— Вероятно, Лидия одобряет его? И жаловалась вам, что я сам до сих пор не хлопочу о том же?

— Да,— выговорила все так же глухо Антонина Сергеевна.

— Она небось повторяла вам свою любимую фразу... насчет того, кто "du vrai monde" {в высшем свете (фр.).} и кто нет?

— Для нее это выше всего.

— Но не для вас, Антонина Сергеевна. С летами и вы, конечно, отказались от некоторых увлечений прежними идеями вашего мужа... Но я уверен, что вы выше всякой такой мелкой суеты, и при той дружбе, какая всегда была у вас с Александром Ильичом, вы бы могли воздержать его.

— Но разве вы, Виктор Павлович,— вдруг заговорила она, охваченная волнением от нескольких, боровшихся в ней чувств,— разве вы не считаете Александра одним из тех людей, которые идут на известный компромисс не из личных только целей?.. Я от вас не скрою... В последнее время... я не совсем его понимаю... Между нами нет прежней глубокой солидарности, но я не вправе обвинять его... Он преследует, быть может, свою высшую идею...

Дальше она не пошла в оправдании его. Она чувствовала, что говорила даже не из желания выгородить его, а скорее из боязни все потерять, последнюю надежду на то, что между ею и мужем есть еще хоть остаток прежней душевной связи.

В тоне Виктора Павловича она прочла приговор мужу. И ему больно за Александра Ильича,— ему, человеку служебной карьеры, никогда не знавшему ничего, кроме чиновничьих своих обязанностей. Но он имеет право уважать себя... Прошлое его вяжется с настоящим... Он честен, стоит за закон, строг к себе, пользуется властью не для суетных услаждений сословного или светского чванства.

Будь она поближе к этому мужу своей сестры, говори она ему "ты", она кинулась бы к нему на шею с рыданиями и выплакала бы свое горе, непонятное ни Лидии, ни их матери, никому из тех, кого она видит здесь. Он бы ее понял больше, чем муж ее, и вот это-то и колыхало всю ее душу. Даже он, кого она считала всегда сухим чиновником, и тот ближе к ней.

— Вы говорите, Антонина Сергеевна, высшую идею?— и в тоне его она заслышала искренность.— Сомневаюсь... Я бы желал для него — именно теперь — больше выдержки и настоящего чувства достоинства. Он на прекрасной дороге и может, не прыгая особенно ни перед кем, заставить говорить о себе, признать свой ум, знания, жизненный опыт, характер. У нас ведь страна гораздо больше демократическая, чем думают обыкновенно... Поглядите... Самые влиятельные места занимают люди только себе обязанные, без громкого родства, без предварительных успехов в высшем свете.

Он, говоря это, как бы намекал и на самого себя. И он, хотя и вышел из сословного училища, но совсем уже не метил в важные бары, носил смешноватую фамилию "Нитятко", был сын доктора, сделавшего служебную карьеру в Петербурге. И все, что он говорил, было не только умно, но и не лишено благородства.

"Стало быть,— думала она,— можно же и на службе не продавать себя, а преследовать идею, на обстановку своего официального положения смотреть как на необходимость, которая всегда будет существовать при каком угодно общественном строе".

Таков Виктор Павлович Нитятко, убежденный, что он служит отечеству верой и правдой; он смотрит на свою службу, как на данное жизнью средство приносить пользу... и не гадательно, не в виде бесплодных протестов под шумок или газетных препирательств, а прямо, путем мероприятий, которые проводит он же в виде докладов и записок.

Глаза ее остановились на двух кипах бумаг. Она в первый раз в жизни поглядела на них с почтительным чувством.

И тут же она вспомнила об Ихменьеве. Отчего бы не воспользоваться минутой и не передать ему историю, выслушанную сегодня вечером? Но ее слишком наполняли своя душевная тревога, собственный интерес, вопрос всего смысла и достоинства ее личной судьбы, гибель ее чувства к человеку, глазами которого она до сих пор смотрела на действительность.

Она ничего не рассказала Виктору Павловичу и, поспешно вставая, проговорила:

— Вам пора.

За дверью раздался голос Лидии:

— Я готова!.. Victor. ...Il est grandement temps de partir!.. {Виктор. ...Давно пора ехать!., (фр.).}

— И я готов,— ответил он, чуть-чуть возвысив голос.

В жену свою он продолжал быть тайно влюбленным и во всем уступал ей, кроме исполнений своих служебных обязанностей.

— Благодарю вас... Виктор Павлович.

Она крепко пожала его руку.

— Вы не посетуйте на меня, я знаю...

Защищать мужа ей больше уже не хотелось. Она застыла в тяжком чувстве обиды за него и сознания того, что все пойдет так, как желает того сам Александр Ильич, а ее внутренний мир обречен на скорое и окончательное крушение.

Лидия стояла в дверях, блистая своими плечами, и смотрела на мужа, как смотрят на детей, которых не следует брать туда, куда ездят большие.

XXXII

Второй час ночи. Опять она одна, в своей комнате, разделенной, как и там, в розовом предводительском доме губернского города, на две половины высокою драпировкой. И так же, как там, в ночь бурной сцены, она лежит в фланелевом халатике, на кровати. Вся квартира замерла. В передней сонный лакей ждет возвращения Александра Ильича с вечера.

Да, сомневаться больше нечего! Она знает, с чем он "подъезжал" к мужу сестры ее. Это неизящное слово "подъезжал" употребила она сейчас, когда записывала в дневник,— она ведет его с прошлого года,— итоги своего супружества. Он вернется из Петербурга готовым и не на такие сделки.

Дальше она не станет ничего записывать в толстую тетрадь с замочком, лежавшую за перегородкой, на письменном столике, под лампой. Надо было провести черту и проститься со всем, чем жила она двадцать лет, с того дня, как познакомилась с опальным соседом — Александром Ильичом Гаяриным.

Неужели все это было так, затеи от деревенской скуки, мода, дурь, вроде теперешних увлечений ее кузины, княгини Мухояровой? Петербург в какие-нибудь две недели научил ее уму-разуму. Не в ней одной дело, не в ее душевном банкротстве. Нигде ничего нет, за что она могла бы схватиться. Все уплывает, превращается в бесформенный туман.

Ей жалко самое себя. Как она смешна и старомодна с ее "направлением"! Какое запылившееся комическое слово! Чего она возмущается? На каком основании считает себя особенною женщиной, с непоколебимым символом веры? Разве она сама его выработала, этот символ веры?

Барышней встретила она красивого молодого человека, с ореолом чуть не мученика. Он был для нее запретный плод. И до знакомства с ним она почитывала книжки либеральных русских журналов тайком от матери. От него она всем заимствовалась. Она была его эхом, послушною ученицей, близорукою, наивно верующею в голубиную чистоту и несокрушимость его идеалов.

И вот, когда жизнь обнажила его истинную природу, она и очутилась в пустом пространстве. Зачем вовремя не сумела она распознать, куда идет жизнь? Теперь уже поздно локти кусать. Те тошные "faux freis — лжерасходы", о которых она догадалась слишком поздно, заполонят ее. Она ведь не убежит от мужа, от детей, от роли предводительши, а потом и петербургской сановницы... Никуда не убежит...

Тихие слезы долго текли по щекам Антонины Сергеевны и уже успели засохнуть на ее впалых щеках. Она продолжала лежать неподвижно, в полузабытьи, полном жалости к себе, а под конец и к мужу своему. Взрыв стыда и негодующей гадливости после ее визита к мужу сестры стих под роем холодящих мыслей, после того, как она дописала свое прощание с тем, что было, и, разбитая, прилегла на кровать.

Он не устоял против жизни, против властолюбивых инстинктов своей природы. Но полный ли он отступник? Отрекся ли он от последнего луча той правды, которую человек с душой может хранить в себе в каком угодно общественном положении? Сострадание к темной массе, обиженной судьбою, великодушие, вкус к добру, терпимое понимание молодых увлечений,— разве все это умерло в нем?

Она не хотела произносить бесповоротный приговор над человеком, который мог остаться в честолюбце.

От легкого стука в дверь она подняла голову. Кажется, она заснула, но не больше, как на пять минут, и не сразу вспомнила, что лежит она еще одетая и что должно быть очень поздно.

"Это он!" — смущенно и почти радостно вскричала она про себя и быстро спустила ноги с довольно высокой кровати.

— Tu ne dors pas? Puis-je entrer? — раздался вопрос Гаярина из-за приотворенной двери.

— Oui, oui! {Ты не спишь? Я могу войти? Да, да! (фр.).} — торопливо ответила она и на ходу из-за перегородки поправила рукой волосы.

И то самое едкое, пронзающее чувство, с каким она ехала сегодня от мужа Лидии, поднялось опять в ней на несколько секунд.

Проходя мимо письменного стола, она захлопнула тетрадь дневника, оставленную открытой, и подсунула ее в угол, под бювар: про ее дневник Александр Ильич ничего не знал.

— Я видел в двери свет,— продолжал он по-русски вполголоса.

Вошел он осторожно, взял ее за руку, поцеловал в лоб и сел в широкое кресло у самой двери.

Она оставалась стоя и глядела на него. В белом галстуке и даже в белом жилете по старой моде, входящей опять в употребление, он был чрезвычайно молод, лицо ясное и улыбка перебегала от красивого рта, полускрытого усами, к глазам, смягчая их острый, стальной блеск.

Во всем его существе она чувствовала полное удовлетворение и сейчас же догадалась, что он чего-то добился,— вероятно, на том рауте, откуда приехал.

— Тебя можно поздравить?— спросила она.— Ты так чем-то доволен.

Фраза могла бы выйти язвительной, но звук получился печальный, в нем слышались почти слезы.

Александр Ильич протянул свою белую руку с тонкими, суховатыми пальцами, точно хотел остановить ее на ходу.

— Мы можем и не заживаться в Петербурге... J'aurai tout ce qu'il me faut... {Я добился всего, что мне нужно... (фр.).}

Ее вопрос скользнул по нему. Он ничего не распознал ни в голосе, ни в выражении лица жены.

Что-то вдруг толкнуло Антонину Сергеевну к мужу. Как бы она прижалась к нему!

"Брось,— прошептала бы она ему, опуская голову на его плечо, со слезами душевного облегчения.— Брось, милый! Уедем в деревню! Откажись от должности!.. Будь прежним Гаяриным!"

Но слова эти не выходили у нее из горла. Она облокотилась о высокую спинку кресла и стояла над ним вполоборота, отведя лицо в другую сторону.

У ней вышло совсем другое.

— Tu auras,— сказала она нарочно по-французски,— ta charge honorifique — *Лидия* повторяет ведь, что без этого нельзя быть "de la maison" {Ты получишь свой почетный титул при дворе (фр.).}.

Он и этого точно не понял, улыбка блуждала по губам, и глаза мягко блестели.

— Нина,— он продолжал все еще вполголоса,— я, мой друг, не хочу утомлять тебя, поздно...

— Нет, ничего... Если ты зашел говорить... Я тебя слушаю.

— Слушать недостаточно... Пора и понять!

— Я боюсь,— выговорила она сдавленным звуком,— боюсь понять тебя.

— Это ирония, Нина? Напрасно!

Голову Александр Ильич поднял и смотрел на нее вбок, но не сурово.

— Напрасно! — повторил он.— Месяц тому назад... там... вот в такую же пору, ты меня оскорбила, назвала ренегатом... И еще чем-то! Я не хочу возвращаться к этому. Я забыл... Я мог бы уйти в самого себя, в законное чувство задетой гордости... Но я стою за брак, за супружеский союз!.. Без уважения, а стало, и без взаимного понимания он немыслим!

Еще ниже опустила она голову, позади его спины, и не хотела смотреть на него, чтобы ничто не изменило ей...

Ведь он пришел не каяться, а произнести объяснительную речь. В нем все теперь установлено. Назад ему ходу нет...

— Ты меня слушаешь, Нина? — отеческим тоном спросил он.

— Слушаю!..— прошептала она, но не повернула к нему головы.

— Ты до сих пор не можешь расстаться с образами, созданными твоею фантазией, твоей восторженной головой!.. Человек в сорок лет и мальчик в двадцать!..

"Да, это эволюция, я знаю",— думала она, и холод сжимал ей сердце.

— Мы с тобой теперь с глазу на глаз,— скажи мне, разве я был когда-нибудь злоумышленником против всего социального строя?.. Я даже не конспирировал!.. Это тебе прекрасно известно.

Она не возражала.

— Увлекался идеями известного сорта? Да!.. Мечтал о всемирном братстве и равенстве, болтал и за это поплатился и потерял несколько лет в безвкусной и бесплодной жизни в деревне. На первых порах я сознательно, а отчасти по тогдашней моде, братался с народом, жал и косил, носил мужицкую рубашку, прощал недоимки... И опять болтал всякий вредный вздор... Вредный! Я это говорю прямо, не боюсь ничьих обличений! Я и сейчас желаю добра мужику... Я от него не отказываюсь... Но я отказываюсь принижать себя до него... А до меня ему далеко.

Фраза вырвалась у него гораздо сильнее и горячее, чем все предыдущее.

Но Антонина Сергеевна притихла под вкрадчивые звуки его оправдательной речи. Ей опять захотелось верить ему... Почему же он не может так чувствовать?.. С мужиками он до сих пор не бездушен, честностью в делах он известен во всей губернии, не прочь принять участие во всем полезном, что затевалось в городе.

— Только теперь,— продолжал он, одушевляясь, и голос его стал проникать в ее душу,— я и могу действовать с авторитетом, как представитель целого сословия.

— Да,— чуть слышно перебила она.— Оставайся на твоем посту... если тебе нужно влияние, власть. Но зачем?..

Она не договорила. Александр Ильич понял ее на полслове.

— Я знаю, какой упрек ты мне кинешь. И не ты одна. Даже почтеннейший шурин твой Виктор Павлович Нитятко, в своем половинчатом чиновничьем фрондерстве! Тщеславие! Лакейство! — кричите вы. Пора же, мой друг, понять, что мне необходимо похоронить свое прошедшее... А для этого средство одно: заставить всех молчать.

Тут он встал и сделал несколько шагов по комнате.

— Я слишком дорогою ценой поплатился за пустейшие, в сущности, грехи юности. Повторяю еще раз: злоумышленником я никогда не был и не желаю, чтобы обо мне сложилась легенда, которая вредила бы моей теперешней дороге.

— Дороге,— беззвучно повторила за ним Антонина Сергеевна.

— Да, дороге! У нас нельзя делать ни добра крупного, ни крупного зла, не заняв известного положения. Это элементарно. Не служебное только положение. Но и в том слое, который не одна твоя сестра называет "le vrai monde". Что мне за дело до общественного мнения? Где оно у нас?.. В газетах, что ли? Им скажут: "цыц!" — и кончено. Власть должна быть в руках. Фактическая власть... Не для своих мелких целей,— я не корыстолюбец,— а для дела.

Глаза его получили опять стальной острый блеск, щеки побледнели, голова откинулась назад. Голос вздрагивал.

Она сидела на ручке кресла и нервно переводила дыхание. Точно молотком по голове били ее эти возгласы властного человека, почуявшего, что перед ним может открыться широкая дорога ценою уступок, без которых нельзя быть тем, чем он хочет быть.

Ни возражать, ни соглашаться с ним она не могла.

— Это, Нина, мое credo! {кредо (лат.).} Больше нам нечего возвращаться к нему... Рано или поздно ты поймешь своего мужа... голова у тебя до сих пор колобродит — вот беда! Ты все еще не решаешься бросить твою бесплодную игру в какую-то оппозицию... И ты только высушишь себя... Женщина должна жить сердцем... Как будто у тебя нет самых святых интересов?.. Наши дети?.. Добро без фраз и тенденциозности?.. Чем твой муж будет влиятельнее, тем больше средств делать такое добро.

"Дети,— готова она была крикнуть и уже подняла голову,— я вижу, что из них выйдет. Они твои, а не мои дети. Добро?.. Какое?.. Ездить по приютам в звании dame-patronesse {дама-патронесса (фр.).}, помогать твоему ненасытному тщеславию, поддерживать связи в высших сферах, делать визиты и приседать?"

Но она промолчала и опять беспомощно опустила голову.

Александр Ильич взялся за боковой карман фрака.

— Я сохранил для тебя номер газеты... и отметил карандашом одно известие. Вот твоя область, друг мой... Это посимпатичнее обветшалой игры в оппозицию... Однако поздно... Почивай!

Он приложился губами к ее волосам и вышел из комнаты тихими шагами, красивый и представительный.

— Не верю, не верю!— говорила она шепотом, двигаясь машинально около письменного стола с газетным листком в руках.

Как бы гладко и ловко ни оправдывал он себя, она потеряла любимого человека. Ее Гаярин больше не существовал. Она гадливо бросила сложенный в несколько раз лист газеты на стол, присела к нему, взяла тетрадь дневника и раскрыла его на последней исписанной странице, где толстая черта виднелась посредине. И с минуту сидела, опустив голову в обе ладони.

Потом правая рука ее потянулась к газете, стала развертывать, и глаза искали, где отчеркнуто карандашом.

Это было известие в несколько строк, в отделе городских происшествий, мелким шрифтом.

В первый раз Антонина Сергеевна пробежала строки затуманенным взглядом, плохо понимая. Но два слова поразили ее. "Усмотрена повесившеюся",— перечла она и пробежала еще весь столбец. Девочку, у портнихи, так истязала хозяйка, что она не выдержала и повесилась на оконной раме. Девочка двенадцати лет!..

Вот что хотел ее муж показать ей! Зачем?.. В виде нравоучения?.. Обратить ее к простому, нетенденциозному добру?

Он сделал это с умыслом, точно в пику ей. Но что ж из этого? Разве это полицейское дознание — единственный редкий факт? Сотни других детей терпят ужасную долю в этом пляшущем Петербурге! И кому же спасать их от увечий и самоубийств, как не женщинам в ее положении? Как это отзывается прописью и какая это правда, вечная и глубокая, в своей избитости.

"Высушишь себя!" — повторяла Антонина Сергеевна слова мужа.

Это сказал он, уже давно высохший честолюбец! Но полно, не прав ли он? Где ее сердце? И во что же ей теперь уйти, как не в будничное добро, в борьбу с зверством, грязью, нищетой и одичанием?

Рука ее хотела было запереть тетрадь дневника, но в ней очутилось перо, и под чертой она написала еще что-то. Это был новый итог жизни...

www.ingramcontent.com/pod-product-compliance
Lightning Source LLC
Chambersburg PA
CBHW020524310726
48979CB00014B/2206/J

* 9 7 8 1 6 4 4 3 9 5 5 8 5 *